愛因斯坦的夢

Alan Lightman
艾倫·萊特曼——著
童元方——譯

Einstein's Dreams

時間的究竟

陳之藩 序

《愛因斯坦的夢》是一部小說；是麻省理工學院物理學教授萊特曼所寫，小說內容所定的時間是一九〇五年，所在的地點是瑞士的伯恩。小說出現的人物是愛因斯坦自己與他的好友貝索。而只有談及，並未出場的，還有愛因斯坦與貝索的家人。小說表現的方式是愛因斯坦做了幾十個夢。

就真實世界所發生的情形而言，一九〇五年是愛因斯坦一生中最輝煌的一年，也可以說是人類的整個文明史中極燦爛的一年。一九〇五年愛因斯坦在物理學中三個極不相同的重要領域——電磁學、量子論和統計物理中，寫了三篇驚天動地的論文；而一九〇五年那一年愛因斯坦只是瑞士專利局一名二十六歲的三級技師。他是經過了什麼樣的教師的訓誨？受過什麼樣的朋友的薰陶？全世界的人至今九十年來一直在迷惑不解與驚疑難信之中。科學史家就是在史料摩挲中，發掘得越多，神祕的影子也就擴展得越大：在他十六歲時就對以太之於電動力學產生了自己的想法；二十一歲時對波爾茲曼的分子理論有所悟與有所用；二十二歲時對普朗克的量子觀念感到興趣。使人不得不斷言愛因斯坦是不世出的奇才，二十歲左右就能集中了焦點，面對了真正的物理問題，孑然而獨立的，如入無人之境的，揚鞭放馬，飛奔直上知識的高原。

從一九〇五到現在，不知出版了多少學報與專書來研討愛因斯坦的思想領域，來追究愛因斯坦的思維方法，詮釋愛因斯坦的精微理論，考證愛因斯坦的起伏身世，解析愛因斯坦的語言指涉，由各個角度到各種深度的在搜尋，以各種方法各種工具來探索。專家是席不暇煖，世人是目不暇給，但是我們仍不敢說我們已經走出了盲人摸象的階段。

在這些有關愛因斯坦的專書專著中，我們隨便舉幾個例子，看一下在極峰上的學者們如何對愛因斯坦的相對論思想在作描述。比如鮑立所寫的相對論的書，幾乎全是數學式。可以不必再看公式之間的夾敘文字而直接由方程式念出意義來。可是再翻羅素的《相對論ABC》，裡面只兩三個數學式子。不是好多愛因斯坦的傳記中說他十三歲時就看康德的哲學而伏在書上睡著了嗎？羅素就在這本入門書中解說康德對時間空間的主觀性並不同於愛因斯坦所示的對時間空間的觀察者。又比如楊振寧在一九八〇年專注於愛因斯坦對理論物理結構的見地，與其對二十世紀下半葉所產生的影響。通篇是用幾何的語言；而楊振寧於一九八七在《自然》學報上的書後，則是遊入史料的迷宮而樂於重建愛因斯坦的當年生活風貌了。

我只是舉出這麼三位大科學家或大哲學家的有關愛因斯坦的著作。但當我讀完了萊特曼教授以小說的方式，寫愛因斯坦的思想，我起始是驚駭於書名的新奇；念完了這幾十個夢卻陷入了深思。這是一次極其危險的走鋼索，我實在為他這種嘗試捏著一把冷汗，直到看完了這本書，才慢慢緩過氣來。

我對這本書的感想，也許用一個比喻來說明。其他的著作之說愛因斯坦，如果比為是用各式各類由粗製到精巧的圓規在圖紙上細心地畫一清晰的圓滿的月亮，那麼萊特曼此編之作，不是用圓規，而是用毛筆在一團一團的塗雲。用雲的迷離來狀夢的迷離；用雲的變幻以象夢的變幻。他用幾十個夢渲染出幾十團雲，而他的筆所不到之處，正顯出他要畫的月來。

這是無所定，卻有所顯的方法，這是詩的方法，這是藝術的方法。

由麻省理工學院的物理教授萊特曼的這本小說，很易使人想起牛津大學數學導師道奇蓀的名著《愛麗思夢遊奇境》；再推而上之想起綏夫特的《格列佛遊記》。愛麗思是以吃了糕點而縮小或增大自己的尺寸，奇遇因此而發生；格列佛卻是以海上遨遊，藉縮小或放大對方的尺寸，劇情由是而開展。萊特曼雖然也是用縮小了或放大了尺寸的方法，也是用夢的幻覺，但他選的題目卻難得太多了。因為愛因斯坦的相對思想適用顯著的地方是極小的世界，原子核子以內；或是極大的世界，太空星雲之中。對於人間的常用尺寸，愛因斯坦的理論之效應並不明顯。那麼拿人間的尺度來說明那兩種極小及極大的世界，不是太難了嗎？唯其難能，所以可貴。

萊特曼不是以藝術塗抹童話，也不是以藝術諷刺成人。他是以藝術來說科學，來說科學中最捉摸難定，最具關鍵地位的概念——時間。

萊特曼為愛因斯坦所作的幾十個夢中：有時是用雕刻的藝術，把時間凝成永恆的石像。有時用圖畫的藝術，把時間繪為繽紛的落英。有時用音樂的藝術，把時間譜為一曲悠揚的歌，唱來哀樂卻不由自主。有時用燈罩上的蟲蟻來寫輪迴的時間，爬了半天，回到原位；有時用河流中的聚葉，來寫淤塞的時間，漩於角落，再出不來。時間如叢立的鏡面，影像複製成千，重映成萬，時間如枝頭的小鳥，人們想捉而捉不到；但捉到時鳥卻立時死亡。……

這幾十個夢中，卻沒有一個是「子在川上曰：逝者如斯夫，不舍晝夜」。因為那是孔子在人間對時間的看法，可以說是牛頓的時間。對愛因斯坦來說全然不足以形容。

萊特曼以雕刀刻出的，畫筆繪出的，琴弓拉出的優美詩句寫就這部天外行雲風格迴異的小說，我們實在可以當作長詩來讀。

這部長詩，自出版以來好評如潮，自是意料之中；各國試圖譯為各種文字，也必是題中應有之義。不過，詩之翻譯，不比尋常，世間又有幾部像《魯拜集》之英譯所達之成就。

有關中文譯事，作者萊特曼自己推薦了元方給純文學社。原著與譯作皆詩心與詩筆，可以說美俱而難併。

元方是哈佛大學研究古詩的學者。她一直在念詩，作詩，研究詩，轉去藝術史，又轉回中國古詩來。她推開案頭的博士論文，而把萊特曼這本小書譯成中文。真如作者萊特曼寫給林海音的話：「我很幸運，能有這樣懂詩的譯者來譯我的書。」

元方譯筆的灑脫，造句的清麗，節奏的明快，對仗的自然，使人一旦開卷，就無法釋手。可是她對原文之忠實，已不止於語氣、句型、明義、暗喻等之若合符節；甚至於一逗點、一句點、一歎號、一問號，與原文相比，更是到了如響斯應的程度。

我還記得在去年所感的驚奇，當我看到萊特曼的「千仞灑來寒碎玉」的創作；在今年更覺高興，當我這樣快的讀到元方的「秋水文章不染塵」的譯文。

一九九四年夏於波士頓

Contents

●間奏曲

Contents

●間奏曲

Contents

鐘樓不存在。鐘和錶都是禁止的，除了「時間廟堂」裡的「洪鐘」。

【第二十六個夢】一九〇五年六月二十日 226
在這個世界裡，時間是一種有局限的區域現象。兩個靠得很近的時鐘，幾乎是以相同的速率滴答作響。但是離得很遠的時鐘，他們行走的速率卻是不同。

【第二十七個夢】一九〇五年六月二十二日 234
這是一個時間不流動的世界，事件因而沒有發展的餘地。在這裡，時間是堅硬的、如骨骼一樣的結構：時間向前伸展到無限，向後延長到無窮；於是，使過去和未來都變成了化石。

【第二十八個夢】一九〇五年六月二十五日 242
時間好像兩面鏡子之間的光線一樣。時間來回跳動如光線折射，產生出無數的影像、無限的樂曲、無窮的想法來。這是一個數不清的複製的世界。

Contents

序曲

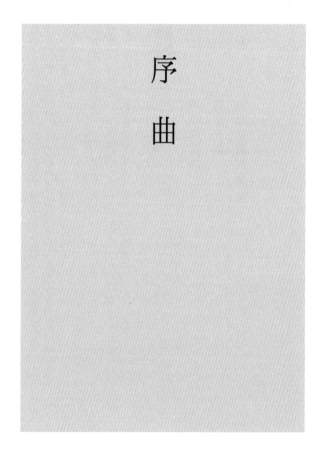

年輕的專利局職員仍然蜷伏在椅子裡，
頭垂到桌上。四月中以來，
他不斷地做著有關時間的夢。
他的夢控制了他的研究。
他的夢使他神勞心苦、筋疲力竭以至於不能分辨
他自己究竟是在醒、還是在睡。

在長廊盡處的拱門附近是一座鐘樓。鐘聲六響，然後停了。年輕人蜷伏在他的桌前。又是一次夜裡的騷亂之後，於拂曉時他來到了辦公室。他的頭髮沒有梳理，褲子是又大又肥；而手裡呢，抓著二十頁揉縐了的稿紙，是他今天預備要寄給德國《物理學學報》的有關時間的新理論。

細碎的市聲隱隱地飄進屋裡來：是牛奶瓶放到石板上的鏗鏗聲，是馬可巷裡一家店鋪撐起遮陽篷時的戛戛聲，是運菜車緩緩過街時輾軋作響，是一男一女在附近的公寓裡小聲說話。

瀰漫了一屋子的是幽黯的光。所有的辦公桌看起來影影綽綽，柔軟得好像熟睡中的獸。除了年輕人的桌子上堆滿了半開半闔的書籍顯得雜雜亂亂以外，其餘的十二張橡木桌，清一色擺滿了前一日留下來、尚待處理的案卷，擺得整整齊齊；兩個小時以後，當這些職員來上班時，他們準知道從何處銜接或從何處開始。可是此刻在模糊的光影中，桌上的案卷並不比牆角的掛鐘，或門內祕書的凳子看得更清楚。此刻所能看得見的，惟有辦公桌大致的輪廓與年輕人拱起的背影。

牆上那看不清時間的鐘指出了六點過十分。一分鐘一分鐘地，逐漸有新的東西顯出了形狀。這邊，一個銅的字紙簍浮現了；那邊，是牆上的月曆突了出來。這裡，一張全家福照片、一盒迴紋針、一個墨水瓶與一枝筆；那裡，一架打字機和掛在椅背上的一件外套。一排一排的書架似乎無所不在，而一團一團的夜霧卻是留連不去。在時間裡，無所不在的書架漸漸從牆上留連不去的夜霧中顯現出來。書架上立著的是一冊又一冊的專利紀錄：一個專利講的是新的鑽鑿齒輪裝置，它的鋸齒彎曲成某種形狀，可以將摩擦減至最低。另一個專利是闡述一種變壓器，當電力供應改變時，它的電壓可以維持不變。又有一個專利描寫一種打字機，機上打間隔時所用的横桿，因為速度很低，可以消去噪音。這個屋子充滿了實際又實用的觀念。

屋子外面呢，阿爾卑斯山的峰頂在太陽下閃亮起來了。這是六月杪。婀娜河上的船夫解開了他的小艇，用力划出去，任水流沖著他，沿婀娜街到格保巷；就在這巷子裡，他要運送夏天的蘋果和各樣莓子。麵包房的師傅來到他在馬可巷的店裡，給他的炭爐子升起了火，將酵母粉攙和到麵粉裡去。兩個情人在紐德格橋上擁抱著，渴慕的眸子凝望著橋下的流水。一個人站在臨水大街他家的陽臺上，注視著淡紅色的天空，思索什麼，還是研究什麼。一個睡不著覺的女人，沿著克拉姆巷慢慢踱著步，她定睛注視著長廊上每一個黑黝黝的拱門，在半明半昧中讀那些貼在牆上的海報。

在斯比達巷上窄長的辦公室裡，一屋子都是實際又實用的觀念。年輕的專利局職員仍然蜷伏在椅子裡，頭垂到桌上。四月中以來，他不斷地做著有關時間的夢。他的夢控制了他的研究。他的夢使他神勞心苦、筋疲力竭以至於不能分辨他自己究竟是在醒、還是在睡。而今，夢終於做完了。在夜夜所能想像的、有關時間的許多可能的性質當中，有一個似乎特別使他震撼。這並不是說其他的性質不可能存在，而是說其他的性質可能存在於其他的世界之中。

年輕人在椅子裡動來動去，等待著打字員來上班。隨即輕輕地哼起了貝多芬的《月光奏鳴曲》。

第一個夢

一九〇五年四月十四日

在時間即圓的世界裡，
每一次握手、每一個吻、
每一次生產、每一個字，
都將一絲不移地重演又重演。

假定時間是曲向自己的一個圓，而世界重複它自己，完全準確的，且是永不止息的。

多半時候，人們不知道他們這一輩子的日子會一過再過。做買賣的不知道他們會一再談同樣的價錢；政客們也不知道他們會在不停運轉的時間當中，無數次地由同樣的講臺向下叫囂。父母鍾愛子女的第一次笑聲與第一次笑容，好像他們從此以後再也聽不到、再也看不見了似的。情人做愛，初次害羞地寬衣，因見柔韌的大腿與嬌嫩的乳頭而驚訝不已，而惜其將逝。他們何嘗知道每一偷窺、每一觸摸，都將重複再重複地上演，與從前完全一樣？

馬可巷裡，也是如此。店鋪的老闆怎麼會知道每一件手織的毛衣、每一條繡花的手絹、每一顆巧克力糖、每一個複雜的羅盤和手錶都會回到櫃臺上去？黃昏時分，店鋪的老闆回家去與家人相聚，或者，到小酒店裡去喝啤酒。他們快樂地呼朋喚伴，走下穹窿蓋頂的巷弄，他們珍惜每一刻時光，好像撫愛鋪子裡暫時寄售的翡翠瑪瑙一般。他們怎麼會知道沒有一件事是過後不返的，沒有一件事是不會再發生的？一隻沿著水晶吊燈的邊緣爬行的螞蟻，不知道牠終會爬回牠的起點，而這些人並不比這隻螞蟻知道得更多。

格保巷中的醫院裡，一個女人正跟她的丈夫說再見。他躺在床上，茫然地看著她。兩個月來，他的癌已從他的喉頭蔓延到他的肝、他的胰、他的腦。他的兩個小孩擠坐在屋角的一把椅子上，嚇得不敢看他們的父親：深陷的雙頰、如老年人一樣萎縮了的皮膚。妻子來到床前，輕輕地吻了她丈夫的額頭，微聲說了再見後，便與孩子迅速地離開了病房。她確知道這是最後的一吻。她怎麼會知道時間又開始，她會重生，她會再在中學裡念書，在蘇黎世的畫廊展畫，再在福瑞堡的小圖書館裡遇見她的丈夫，再在七月的一個大熱天，與他一起駕帆遊頓湖，會再生產，而她的丈夫會再在藥房裡工作八年，再在一天晚上回家時，發現喉頭長了硬塊，會再嘔吐、變弱，最後來到這家醫院，這間病房，這張床，這一刻。她怎麼會知道呢？

在時間即圓的世界裡，每一次握手、每一個吻、每一次生產、每一個字，都將一絲不移地重演又重演。所以，兩個好朋友不再是朋友的那一剎那，因為錢而使家庭破碎了的那一片刻，夫妻之間爭吵時每一句惡毒的批評，每一個因上司嫉妒而失掉了的機會，每一個不能信守的諾言，也都將一毫不改地重現再重現。

正如一切都會在未來重現，現在正發生的一切，以前也已發生過上百萬次了。每一個城裡總有些人，在夢中模糊地知道一切都曾經在過去發生過。這些人的生活都不幸福，而他們感覺到所有不正確的判斷、所有錯誤的行事、所有不佳的運氣都曾在前一次的時間之環中發生過。在夜的死寂當中，這些受咒詛的人與他們的床單角力，無法得到休息；他們發現自己連一個簡單的行為、簡單的手勢都不能改變。這一認識使他們痛苦，使他們更與自己搏鬥不已。所有前生的錯誤都將在此生原樣照犯。也就是這些雙重不幸、三重不幸、以至重重不幸的人透露出「時間即圓」的唯一消息。因為在每一個城裡，夜色深沉中，所有的空街空巷與所有空的陽臺都飄蕩著他們的呻吟。

第二個夢

一九〇五年四月十六日

他羨慕生活在自己時間裡的人：
他們無視於未來，無知於後果，
所以可以單憑己意行事。

在這個世界裡，時間如水流，偶爾會被一截殘絲斷片所推移，或被一縷飄過的微風所帶動。宇宙間的擾攘，不時地引起時間的小河離開主流，而使其間種種因緣際會回溯。這種事情發生的時候，正好卡在支流中的土壤、鳥兒、人物會發現他們自己就在突然之間被帶回到過去。

帶回到從前的人是很容易辨認的：他們穿深色而無特徵的衣服，他們踮著腳尖走路，不發出一絲聲響，不踩彎一片草葉。因為他們惶恐，甚至畏懼，就怕改變了過去的任何因，將會為未來結出不可測的果來。

比如現在，這樣的一個人就蹲在克拉姆巷十九號拱門的陰影裡。對一個來自未來的旅人而言，這是一個奇怪的地方，但是，她就蹲在那裡。路人經過她身邊，盯著看一會兒，又接著走過去了。

她蜷曲在牆角，然後很快地匍匐過街，又畏縮在另一個黑暗的角落，這一次是二十二號。她驚嚇得就怕踢起一絲塵土，怕像一個叫彼得．克勞森的人那樣，在今天——一九〇五年四月十六日的下午，在去斯比達巷的藥房的路上發生了事故。克勞森可以說是個紈絝子弟，他最恨衣服給弄污了。如果灰塵搞髒了他的衣服，他就會立時停下來，不厭其煩地拂拭，顧不得有何約會在等著他。如果克勞森耽延得太久，他就可能來不及給太太買藥膏了，而她嚷嚷腿疼，已經嚷嚷了好幾個禮拜。這樣說起來，克勞森的太太可能出於一種惡意的玩笑心理，而決定不去日內瓦湖了。如果她一九〇五年六月二十三日沒去日內瓦湖，她就不會在湖東岸的防波堤上散步的時候，遇見一個叫凱瑟琳．迪艾比奈的女子，更不會把迪艾比奈小姐介紹給她的兒子理查了。反過來說，理查和凱瑟琳就不會在一九

○八年十二月十七日那一天結婚，也不會在一九一二年七月八日生下了腓特烈。腓特烈．克勞森不會在一九三八年八月二十二日成為漢斯．克勞森的父親；而沒有漢斯．克勞森，一九七九年的歐洲聯盟就根本不可能建立。

來自未來的女人，竟然事前毫無徵兆地衝進此時此地。她現在在克拉姆巷二十二號黑暗的一角，希望自己是個隱形人。她知道克勞森的故事，以及成千上萬其他人的故事，正在等著慢慢開展，端看孩子的出生、街上人們的行止、某些時候小鳥的歌唱、桌椅的確實位置、風的動靜如何。她蹲在陰影裡，不回看任何人一眼。她就蹲在那裡，等著時間之流把她帶回到自己的時間裡去。

如果來自未來的旅人一定要開口，他不說話，只是喃喃低語。他喃喃發出受折磨的聲音。他非常痛苦。因為，他若在任何事上做任何改變，即使是最微小的改變，都可能毀滅未來；同時，他不能避免眼見事情發生卻莫能助；他無法參與其間，也不能改變現狀。他羨慕生活在自己時間裡的人：他們無視於未來，無知於後果，所以可以單憑己意行事。可是，他卻不能起而行。他是惰性氣體、一個幽靈、一張沒有魂魄的平面。他失去了人之所以為人的部分，被時間放逐了。

這些來自未來的悲慘的人，在每一村、每一鎮都可以看到。他們躲在樓簷下、地窖裡、橋根兒底、荒野中。沒有人問他們未來的事：婚姻、生產、財務、發明、將賺的利潤。相反地，人人同情他們，而由著他們自生自滅。

第三個夢

一九〇五年四月十九日

在這個世界裡，時間有三維，
與空間一樣是立體的。
每一做決定的剎那，
世界即一分為三：
同樣的人，在三個不同的世界，
有其不同的命運。

這是十一月的清晨，初雪剛落過，天氣很冷。一個人，穿著長的皮大衣，站在克拉姆巷他家的四樓陽臺上，俯瞰查林傑噴泉和陽臺底下白色的街道。往東，他可以看見聖文森大教堂細緻的塔尖；往西，他可以看見「時鐘大樓」流線的屋頂。但是，這人既不望東，也不看西。他在凝視雪地上留下的一點紅痕——一頂帽子，並且他在沉思：他應不應該去那個女人在福瑞堡的家？他的雙手緊抓著陽臺上的金屬欄杆，放鬆，又抓緊。他該不該去看她？究竟該不該去？

他決定不再去看她了。她既霸道成性，又苛評成習，可能會讓他的日子過得很悲慘。何況，她也許對他根本沒有興趣，所以他決定不再去看她了。相反地，他轉而和同性的朋友作伴。白天，他在藥房工作得非常辛苦，幾乎注意不到那位女副理的存在。晚上，他與朋友去克和巷的小酒館喝啤酒，也學做一種乾酪麵包。這樣過了三年，他在尼士德的服裝店中遇見了另外一個女人。她很和氣。她跟他做愛，慢慢地、慢慢地；如此有幾個月的時間。一年以後，她來到伯恩與他同住。他們在一起日子過得很安靜；他們沿著婀娜河散步、作伴、老去、心滿意足。

在第二個世界裡，穿著長的皮大衣的那個人決定了他要再去看福瑞堡的那個女人。他幾乎不認識她，她可能很霸道，她的動作暗示了她性情之反覆無常；但是，當她微笑的時候、她的臉就柔和了起來的樣子，那樣爽朗的笑聲，那樣聰明的用字——在在使他難忘。是的，他一定得再見到她。他去了她福瑞堡的家，和她一起坐在沙發上。才幾分鐘，他便感到自己的心跳加速，怦然如搗；再一看到她雙臂的白皙，就更加不能自持。他們做愛，聲高氣喘，情熱如火。她說服他搬到福瑞堡來。他辭去了伯恩的工作，而到福瑞堡的郵局上班。他為了她而燃燒自己的愛情。每一天，他中午回家。他們吃飯、做愛、吵架，她抱怨需要更多的錢用，他懇求她原諒，她向他擲鍋、丟碗、摔瓢、砸盆，接著又做愛，然後他回郵局。她威脅著要離開他，但是並沒有離開。他為她而活，即使是傷心，也依然是快樂。

在第三個世界裡，他還是決定要再見到她。他幾乎不認識她，她可能很霸道，她的動作暗示了她性情之反覆無常；但是她那樣的笑靨、那樣的笑聲、那樣聰明的用字。是的，他一定得再見到她。他去了她福瑞堡的家，在門邊見著了她，在她廚房的小桌上與她一塊兒喝茶。他們談她在圖書館的工作，也談他在藥房的。一個鐘頭以後，她說她得出門去幫一個朋友的忙，她跟他說再見，他們握手。他奔波三十公里回伯恩，在回程的火車上，他覺得空虛。他回到了克拉姆巷四樓的公寓，站在陽臺上，凝視著留在雪地上的一點紅痕——一頂帽子。

這三椿自相連續的事件，實際上是同時發生了。因為在這個世界裡，時間有三維，與空間一樣是立體的。正如物體可以向三個互相垂直的方向移動：一橫、一直、一高，此物即可能參與三個互相垂直的未來。每一個未來都朝著不同的時間方向移動。每一個未來都是真實的。每一做決定的剎那，不論是去福瑞堡看那女人，還是買一件新大衣，世界即一分為三：同樣的人，在三個不同的世界，有其不同的命運。在時間裡，有無限多的世界。

有些人主張做決定時宜輕鬆，他們辯稱既然所有可能做的決定都將在真實生活裡發生，那又何必看得太嚴重。在這樣的世界裡，一個人怎麼能為他的行事負責呢？另有些人則堅持做決定時要審慎；而每一決定，都要全心投入。因為沒有奉獻，勢必造成混亂。這樣的人只要明白了所做決定的道理為何，就能安心地活在互相矛盾的世界裡。

第四個夢

一九〇五年四月二十四日

在這個世界裡，有兩種時間：
一是機械的，一是身體的。
第一種時間不棄不降，一切都是命定。
第二種時間則是一路行來，因機而變。

在這個世界裡，有兩種時間：一是機械的，一是身體的。第一種時間硬如金屬，好像一個巨大的鐵鐘擺，在前後晃盪、晃盪、晃盪。第二種時間則是扭動的，猶如海灣裡的青魚那樣自在地游去游來。第一種時間不棄不降，一切都是命定。第二種時間則是一路行來，因機而變。

有許多人深信機械的時間是不存在的。他們行經克拉姆巷的巨鐘時，根本視而不見；不論是到郵政巷去寄包裹，還是到繁花的玫瑰園徜徉其間，鐘聲起落，他們亦聽而不聞。他們的腕子上戴著手錶，但那只是當作裝飾品；對那些總愛把報時器當禮物送人的人來說，或者還可算是一種禮貌。他們家裡沒有鐘，他們只聽自己的心跳。他們只跟著感覺走；只憑自己情緒和慾望的節奏。這樣的人不論何時肚子餓了就要吃飯；不論何時，只要從睡夢中醒來，就要去帽店，還是去藥房上班；想要做愛，就立時做愛。這樣的人思及機械的時間，就要大笑。他們知道每一開始的剎那、每一略頓的空檔，時間已流動過去了。當他們急著要把受傷的孩子送去醫院，或者忍受鄰居遭了冤屈的眼神時，他們知道時間慢得如負千斤重擔，是掙扎著前行的。但當他們與朋友吃得高興，喝得痛快，或接受讚美的掌聲，或躺在祕密愛戀著的情人臂彎裡的時候，他們也知道：時間如飛矢、如流星，劃過了視野的長空，是太疾，太快，又太匆匆了。

又有一些人，他們覺得自己的身體不存在。他們照機械的時間過日子。他們早晨七點鐘起來，正午吃中飯，六點吃晚飯。他們準時赴約，按鐘辦事。晚上八點到十點中間做愛。一星期工作四十小時，星期天看星期天的報紙，禮拜二晚上下棋。肚子叫的時候，他們看錶，是不是該吃飯了？他們正在音樂會中凝神諦聽、渾然忘我的時候，看看舞臺上的鐘，是不是該回家了？他們知道一個人的身體並不是不著邊際的魔術，而是一堆化學物質、器官組織、和神經衝動的組合。思想不過是腦中的電波，性的興奮是某些化學物質流向神經末梢，而悲傷不過是一些酸液停在小腦中靜止未動。簡而言之，身體是一部機器，與電子一般，或時鐘一樣，是受電學定律和動力定律的支配。既然如此，我們提到身體時，一定得用物理的語言。如果身體會說話，說的一定只是各種槓桿和動力的話。身體是要人去命令的，而不是要人去服從的。

一個人在沿著婀娜河岸漫步、呼吸夜間的空氣時，很容易看見兩個不同的時間世界合而為一的證據。有個船夫，在黑暗中以計算小艇在水上漂流的秒數來估量自己在河中的位置。「一秒，三公尺；

兩秒，六公尺；三秒，九公尺。」他的聲音，清楚而肯定的音節，劃破了夜的漆黑。紐德格橋上一座燈柱下，兄弟二人一年沒見了，現在站在那裡，喝著酒、笑著、鬧著。聖文森大教堂的鐘聲響了十下。幾秒鐘之內，臨水大街兩旁公寓的燈光，眨了眨，熄了——一個完美的機械反應，與歐基里德平面幾何的推論完全一樣。躺在河岸上的一對情侶，懶洋洋地仰望著天空，他們被遠處教堂的鐘聲，從不知時間為何物的沉睡中喚醒，驚訝地發現：夜幕已低垂。

兩種時間狹路相逢時，是絕境；而兩種時間分道揚鑣時，是滿足。因為，如奇蹟一般地，一個律師、一個護士、還是一個麵包房的師傅，都能在任何一種時間內，成就一個世界，但卻不能同時在兩種時間內。任一種時間都是真實的，可是顯現出來的真實卻不相同。

第五個夢

一九〇五年四月二十六日

在過去，曾有一天，科學家發現：
離地心越遠，時間流動得越慢。
一旦了解了這個現象，
就有些熱中於青春永駐的人，搬到山上去了。

在這個世界裡，顯而易見的，有些事情透著奇怪。沒有房子蓋在平地上或谿谷裡；每個人都住在山上。

在過去，曾有一天，科學家發現：離地心越遠，時間流動得越慢。雖說是微乎其微的差別，卻可以用最精密的儀器測度出來。一旦了解了這個現象，就有些熱中於青春永駐的人，搬到山上去了。現在，所有的房子都蓋在阿爾卑斯山中的竇姆峰、曼特合恩峰、羅撒峰和另外的高地上。其他地方的住屋是不可能賣得出去了。

只有把家建在山上，許多人還是不甚滿意。為了達到最大的效果，他們乾脆把房子蓋在高桿上，成了高腳屋。全世界的山頂因而築滿了這樣的房子——人類的窩；從遠處看，好像一群肥鳥蹲踞在細長的木腿上。亟欲長生不死的就把他們的房子，蓋在最高的高桿上。事實上，有些座落在細長木腿上的房子，伸入天空竟達半哩之高。高度即地位。如果有一個人從他的廚房窗戶望出去的時候，一定得仰望才看得到他的鄰居的話，他就相信：這鄰居不會像他這麼快就膝蓋僵硬，他的鄰居會比較晚才掉頭髮，比較晚才生皺紋，自然不會像他這麼早就失去了戀愛的勇氣。同樣地，一個人如果俯視就看到另一所房子的話，他自然瞧不起在那所房子裡住的人，覺得他們都是筋疲力盡，衰殘老朽而又眼光短淺的。有些人吹牛，說他們一生都高高在上；他們生在最高的山上、山中最高的峰、峰上最高的房子裡，從未下來過。他們在明鏡裡歡慶自己的永駐青春，在陽臺上欣賞自我的赤身裸體。

可是，總有些緊急的事情不時地逼著人下山。非下山不可時，他們是行色匆匆的：他們急急忙忙地從高梯下到地面，再跑向另一個梯子，或下到更低的谷地，完成他們的業務，然後儘快地跑回家去，或跑到其他的高地上。他們知道每往下一步，時間就過得快一些，而他們也就老得快一點。地面上的人是從來不坐下來或稍作停留的，他們挾著公事包，或者抱著買好的菜，不是飛奔而來，就是急跑而去。

每一個都市都有一小群居民，不再在乎他們自己是否比他們的鄰居早幾秒鐘老這個問題。這一群性好冒險的人，有時下到低地來住上幾天，在生長於谿谷中的叢樹下任意地逍遙，在舒展於溫暖處的湖水裡悠閒地游泳，在寬廣的平地上開心地打滾。他們幾乎不看錶，也無法告訴你今夕何夕：是禮拜一，還是禮拜四。別人在倉卒間跑過他們身旁、投之以冷眼時，他們卻報之以微笑。

時間過去，人們忘記了為什麼越高越好的基本道理。但無論怎麼說，他們仍繼續住在山上，儘可能地逃離下陷的地區，而且教導他們的兒女躲避從低地上來的孩子。他們習慣於忍耐山上的寒意，享受山上的不適，而將其視為教養的一部分。他們甚至自己騙自己：稀薄的空氣對他們的身體有好處。按照那個稀薄的邏輯，他們吃稀薄的食物，除了游絲般的食品，一概都拒絕吃。最後，這個世界裡的人，變得像空氣一樣的稀薄，像柴木一樣的枯瘦，在還不該老的時候卻都老了。

第六個夢

一九〇五年四月二十八日

鐘錶之外，還有一巨大的時間之架，
橫跨過宇宙，制定了眾生平等的時間律。
在這個世界裡，一秒就是一秒，就是一秒。

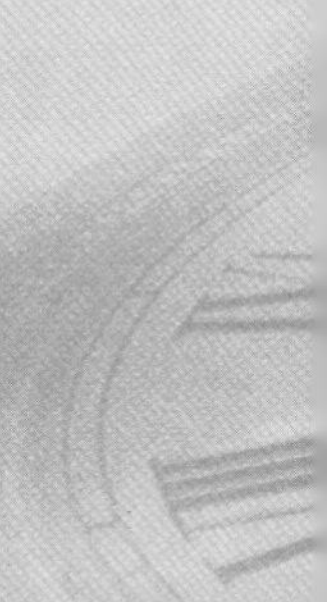

一個人不可能在大街上走著路、與朋友談著話、邁進一幢大樓、還是在古舊長廊的沙岩拱門底下隨意流觀，舉目所及而不碰見一、二個計時的儀器的。無論在什麼地方都會看到時間。門樓、腕錶、教堂的鐘聲，把年分成月、月分成日、日分成時、時分成秒；而每增加一時間刻度，則前後相連，接續不已。鐘錶之外，還有一巨大的時間之架，橫跨過宇宙，制定了眾生平等的時間律。在這個世界裡，一秒就是一秒，就是一秒。時間以精美的規律，在每一空間的角落，用完全相同的速度，不疾不徐地從容向前。時間是一個無限的統治者。時間是絕對的。

每天下午，伯恩的市民聚集在克拉姆巷的西端。三點差四分，即是時鐘大樓向時間致敬的時刻。在高高的綵樓上，小丑跳舞，小公雞鳴唱，而小狗熊呢，則是又吹笛、又打鼓。他們機械的動作和聲音，是完全依照各式齒輪的轉動而同時合成的；當然也是時間的完美性質予人靈感、有以致之的。三點整，巨鐘響三次，聚集的人群跟著鐘聲對錶，然後回到斯派克巷中的辦公室，回到馬可巷上的店鋪，回到婀娜河橋外的農場裡去。

那些有宗教信仰的，視時間為世間有神的證據。因為如果沒有造物主，固然無一物可以是受造而配稱完美，而世間也無一物可以是宇宙性的而居然不是神聖的。所有的絕對是「唯一絕對」的部分。絕對所在之處，時間皆在。所以倫理哲學家把時間放在他們信仰的中心。時間是所有行為判斷的參考。時間會澄清且辨明過往的是非與對錯。

市政府巷的亞麻製品店裡，一個女人和她的朋友在說話。她剛剛失了業。二十年來她在國會當小職員，為辯論作紀錄，養她的家。現在，她有一個還在上學的女兒，和一個每天早晨在馬桶上坐兩個鐘頭的丈夫要養。而她，竟給解僱了。她的上司，一位臉上敷滿油脂的醜婦，有天早上進來向她說：「把桌子收拾乾淨，明天就不要來了」。鋪子裡的她的朋友靜靜地聽著，靜靜地用手把她剛買的桌布摺疊整齊，又用手去揀剛失業的那個女人身上毛衣的線頭。兩個朋友說好了第二天早上十點鐘一塊兒喝茶。十點鐘。離現在還有十七個小時五十三分鐘。剛失了業的女人幾天來第一次笑了。在她的腦海裡，她想像廚房壁上的時鐘，從現在到明晨十點鐘，一秒一秒地滴答作響：不受干擾，不需商議。而在她朋友的家中，也有一座相似的時鐘，響著相類的聲音，顯示相同的時間。明天早上差二十分鐘十點的時候，這個女人會繫上圍巾，戴上手套，穿上大衣，走下臨水大街，走過紐德格橋，走進郵政巷的茶館。而城的另一端，差十五分鐘十點的時候，她的朋友會離開軍械庫巷的家，穿越長街短巷，來到同樣的地方。十點整她們會相見。她們會在十點鐘相見。

以時間為絕對的世界，是一個充滿慰藉的世界。因為人的動態不可測，而時間的動態可測；人可疑，而時間不可疑。人有時陷入沉思，時間卻跳躍前去，絕無反顧。在咖啡館中、政府大樓裡、日內瓦湖的船上，人們看著腕上的錶，躲到時間裡去。每一個人都知道她剛出生的一刻、她始學步的一刻、她初發情的一刻、她向父母說再見的一刻，總有什麼人記載在什麼地方。

第七個夢

一九〇五年五月三日

在這個世界裡，每一個吐出的字，
只向吐出的瞬間傾訴；
每個眼波流動的一瞥，
只有一義；每個手指輕柔的一觸，
沒有過去，也沒有未來。

想想看一個因果不定的世界將如何。有時前者在後者之前，有時後者卻在前者之前。或許，「因」永遠伏在過去，而「果」在未來，但其間的過去和未來本身是糾纏不清的。

國會大廈後面的臺地上風景絕佳：婀娜河蜿蜒於下，阿爾卑斯山峭拔在上。一個男人現在就站在那裡，心不在焉地一邊掏口袋，一邊哭泣。沒有理由，他的朋友卻全不要他了。沒有人再打電話給他，沒有人再約他去小飯館裡吃晚餐、喝啤酒，也沒有人再請他來家裡坐了。二十年來，他一直是他朋友的理想朋友：慷慨、有趣、言語溫和、情感充沛。到底發生了什麼事？臺地這一刻以後一星期，這同一男人變得行為乖張起來，他成了色狼，羞辱每一個人，穿著發臭的衣服，用錢小氣，不讓任何人去他在羅本大街的公寓。何者為因？何者為果？何者是未來？又何者是過去？

在蘇黎世，市議會最近剛通過了幾條嚴峻的法律：手槍不可買賣。銀行和交易所的賬目要稽查。所有的遊客，不論是坐船從利馬特河駛入蘇黎世的，還是坐色瑙線的火車進入城裡來的，都要檢查是否攜帶違禁品。民兵因而加倍了。然而，嚴密控制以後一個月，蘇黎世這個城反而被其歷史上最重大的罪行給撕裂了。光天化日之下，有的人竟然在韋恩廣場上當街被殺；有的畫居然從美術館中被人偷走；更有居民坐在哥德大教堂的座位上酗起酒來。難道這些罪行不是錯放了時間？難道這些罪行不是發生在新法頒布之前，怎麼反而在頒布之後呢？或許，這些新法是議會的主動出擊，而非抗議罪行的因應措施？

一個年輕女人坐在植物園中的噴泉附近。她每個禮拜天都來，來聞玫瑰的馥郁，來聞雪白重瓣紫羅蘭的清芬，來聞一簇簇粉紅石竹花淡淡的馨香。突然間，她的心飛舞起來了，她的臉染上了桃紅，她焦躁地走來走去；沒有理由，她卻變得非常快樂。幾天以後，她遇見一個年輕人，即時就被愛迷倒了。這兩件事情之間一定沒有關聯嗎？如果有，其間又有什麼樣奇特的因緣際會？還是出於時間的錯亂倒置？還是出於一種相反的邏輯？

在這個沒有什麼道理的世界，科學家是孤立無援的。他們的預言都是後見之明；他們的解析方程式都在自圓其說；他們的邏輯，都不合邏輯。科學家變得鹵莽冒失，像賭徒停不了下注那樣，嘴裡不斷地嘀嘀咕咕抱怨。科學家都成了小丑，不是因為他們太理性，而是因為宇宙太不理性。或許，不是因為宇宙太不理性，而是因為他們太理性了。在一個沒有道理可言的世界裡，誰又敢說什麼究竟是什麼？

在這個世界裡，藝術家倒是快樂的。不可測正是他們的繪畫、他們的音樂、他們的小說的生命。他們喜歡不曾預報的事件，無法解釋的情狀；他們喜歡回顧過去。

大多數人學會了如何生活在片刻當中。論證是這樣的：如果過去對現在有不能確定的影響，那麼就沒有必要停駐於過去。如果現在對未來幾乎沒有影響，則現在的行為於未來的結果也不必量度。更進一步說，每一言、每一行，都是時間之洋裡的一個島嶼，只能自我評斷。家人安慰一垂死的叔叔，不是因為大家有相似的遺傳，而是因為那一刻，他正被愛著。職員受僱，不是因為過去的履歷，而是因為他們在面試時所表現的即席應對。被老闆踐踏的員工，因對未來無所懼怕，故一遭羞辱，必定還擊。這是一個衝動的世界。這是一個真實的世界。在這個世界裡，每一個吐出的字，只向吐出的瞬間傾訴；每個眼波流動的一瞥，只有一義；每個手指輕柔的一觸，沒有過去，也沒有未來，而每一唇齒相憐的吻，只是現時此刻的一吻。

第八個夢

一九〇五年五月四日

時光雖然流動，
但卻沒有什麼事真的發生。
就好像一天天過去了，
並沒有什麼新事發生那樣；
一月月、一年年過去了，
也都沒有什麼新事發生。

是晚上。兩對夫婦，一對是英國，一對是瑞士，坐在聖莫瑞茲鎮聖慕瑞桑大酒店的餐廳中他們的老位置。他們每年聚一次，整個六月，在這裡交際，並且享受著溫泉。結著黑領帶、束著腰身的男士們都很英俊，而著晚宴裝的女士們都很美麗。穿梭著來去的侍者越過細木地板，招呼他們點菜。

「我判斷明天會是個好天，」頭髮上繫著緞結的女士說。「那就放心了。」其他的人點著頭。「如果天氣晴朗，洗溫泉浴在感覺上要舒服得多。雖然我猜室內的溫泉浴與室外的天氣不應該有什麼相干。」

「在都柏林賭馬，如押『輕捷』的話是四比一，」海軍上將說。「如果我有錢，我就拿它下注。」他向太太擠了擠眼睛。

「如果你敢賭的話，我給你五比一，」另一位男士說。

女士們掰開麵包，抹上黃油，把小刀仔細地擱在黃油碟上靠邊的地方。男士們的眼睛則一直盯著餐廳門口。

「我很愛這些餐巾的花邊，」頭髮上繫著緞結的女士說。她拿起餐巾，打開，復又摺上。

「你每年都說一遍同樣的話，約瑟芬，」另外一位女士笑著說。

上菜了。今晚，他們吃波爾多式的龍蝦、龍鬚菜、牛排、白酒。

「你的怎麼樣啊？」頭髮上繫著緞結的女士說，一邊看著她的丈夫。

「簡直精采極了。你的呢？」

「口味有一點兒重，跟上禮拜一樣。」

「那麼，上將，你的牛排怎麼樣？」

「從來沒拒絕過牛脇肉，」海軍上將開心地說。

「看不出來你常去肉鋪，」另一位男士說。「從去年起，甚至過去十年來，你連一公斤也沒有增加。」

「或許你看不出來，但是她看得出，」海軍上將說，對著他的太太擠了擠眼睛。

「我也可能弄錯，但總覺得今年的屋子比過去多一些穿堂風，」上將的太太說。其他的人點頭，繼續吃著龍蝦和牛排。「我總是在涼快的屋子裡睡得最好，但是如果有穿堂風，我就會咳嗽著醒來。」

「把被單蓋到你頭上，」另一位女士說。

海軍上將的太太說好，但是看起來有些困惑。

「把你的頭塞進被單底下，穿堂風就騷擾不了你了，」另一位女士又說了一遍。「我在格林德韋德時就總是這樣。我的床旁邊有一扇窗子。如果我把被單拉到鼻子上，就可以開著窗戶睡覺。被單可以擋住冷空氣。」

頭髮上繫著緞結的女士挪了一下椅子，把她在桌子底下蹺著的腿放了下來。

咖啡來了。男士們退到吸煙室，女士們則走到室外大陽臺柳條編的鞦韆旁。

「一年來生意如何？」海軍上將問。

「沒得抱怨，」另一位男士說，一邊啜飲著白蘭地。

「孩子呢？」

「又長大了一年。」

陽臺上，女士們盪著鞦韆，眼睛望進黑夜裡去。

在每一個旅館、每一所房子、每一座城市裡，情況都是一樣的。因為在這個世界裡，時光雖然流動，但卻沒有什麼事真的發生。就好像一天天過去了，並沒有什麼新事發生那樣；一月月、一年年過去了，也都沒有什麼新事發生。如果時間與事件的過程是一回事，那麼，時間幾乎不曾流動。如果時間與事件不是一回事，那麼，是人幾乎沒有變動。如果一個人在此世界裡並無雄心，他是不知不覺地在受苦；如果一個人很有雄心，他是有知有覺地在受苦，只是很慢很慢。

間奏曲

只說今年，愛因斯坦就已經完成了他的博士學位；寫了兩篇重要的論文：一是關於光子理論的，一是關於布朗運動的。目前進行的計畫，實際上開始於電力和磁力的深入探討，就是因為這一追究使得他有一天突然宣布：他必須重新思考時間這一觀念。

傍晚，愛因斯坦和貝索二人沿著斯派克巷慢慢走。這是一天最安靜的時分。店鋪老闆收起了遮陽篷，牽出他們的自行車揚長而去。從一戶人家二樓的窗戶，可以看見一個母親正叫她的女兒回家幫忙準備晚飯。

愛因斯坦一直在跟他的朋友貝索解釋他為什麼想知道時間是什麼。但是他沒有說起他做過的夢。很快他們就會走到貝索的家了。有的時候，愛因斯坦會在他家呆坐到吃完晚餐，直到米列娃拖著他們的小嬰兒來找他回家。這種事情總是發生在愛因斯坦為了某個新計畫而恍惚入迷的時候，現在的情況正是如此。整頓晚飯的工夫，他在桌子底下希希索索地抖著腿。愛因斯坦實在不是一個可以在一塊兒吃晚飯的好伙伴。

愛因斯坦向著個子也很矮的貝索靠過去，說：「我想了解時間，因為我想親近『老天爺』。」

貝索贊同地點點頭。但這中間還有些問題，貝索又一一指出來。其一，或許「老天爺」對祂所創造的，不論賢愚，一律沒有興趣讓他們去親近。其二，如說有了知識即是親近，這二者之間的關係並不明顯。其三，這個研究時間的計畫，對一個二十六歲的人來說，恐怕是太大了。

但是話說回來，貝索認為他的朋友無論研究什麼都可以研究得出來。只說今年，愛因斯坦就已經完成了他的博士學位；寫了兩篇重要的論文：一是關於光子理論的，一是關於布朗運動的。目前進行的計畫，實際上開始於電力和磁力的深入探討，就是因為這一追究使得他有一天突然宣布：他必須重新思考時間這一觀念。貝索因愛因斯坦的這種雄心而神為之迷、目為之眩。

有好一會兒，貝索聽任愛因斯坦沉醉於他自己的思想之中。而貝索則在想：不知安娜今晚做了些什麼好菜，一邊看著下面小街旁婀娜河上一條銀白的船在斜陽裡閃爍生輝。這兩人在街上走著，他們的腳步輕輕敲響在圓石子鋪成的馬路上。他們兩人從在蘇黎世做中學生時，就已經彼此相識了。

「接到我兄弟從羅馬來的一封信，」貝索說。「他會來此小住一個月。安娜很喜歡他，因為他總是誇讚她的身材。」愛因斯坦心不在焉地笑了。「我兄弟在這裡的時候，我沒有辦法像現在這樣，下了班就和你見面。你不會有問題罷？」

「什麼？」愛因斯坦問。

「我兄弟到了這裡的時候，我就不能經常跟你見面了，」貝索又說了一遍。「你自己待著沒關係罷？」

「沒問題，」愛因斯坦說。「不必擔心我。」

自貝索認識愛因斯坦之日起，愛因斯坦就是自己照顧自己的。在他成長的年月中，經常是四處搬家、居無定所的。他和貝索一樣，也結了婚，但是他幾乎不和太太一起出門。就算是在家裡，他也常在半夜從米列娃身旁偷偷溜走，溜到廚房裡去演算成頁成頁的方程式，然後第二天拿到辦公室去給貝索看。

貝索好奇地注視著他的朋友。對這樣一位隱士、一個內向的人而言，為了追求與老天爺親近，竟然熱情至此，似乎令人不可思議。

第九個夢

一九〇五年五月八日

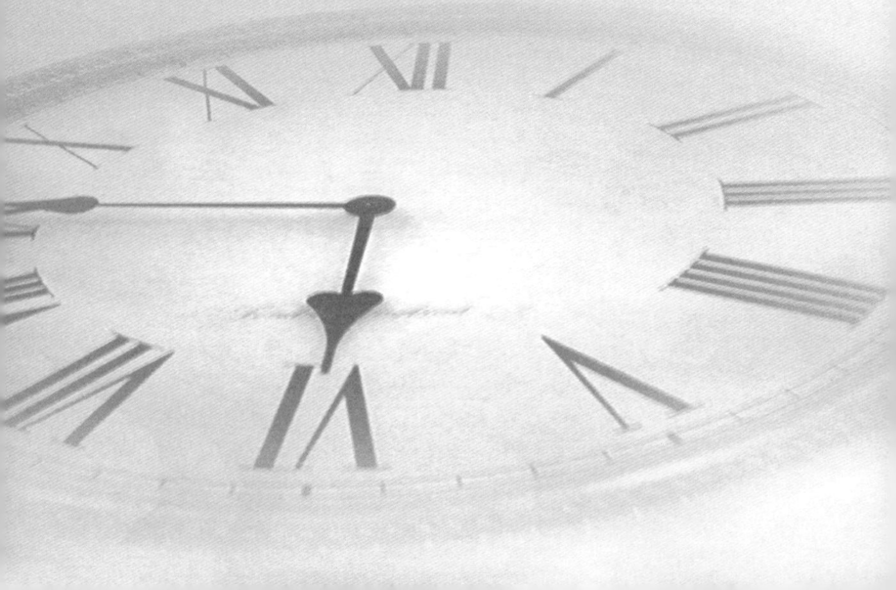

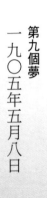

世界結束前一分鐘，人人聚集在美術館前的空地上。
不分男女、老幼，大家手拉著手，
圍成一個巨大的圓圈。沒有人動。
沒有人說話。

這世界會在一九〇七年九月二十六日當天結束。每個人都知道。

伯恩一地的情況與其他的都市、其他的城鎮並無二致。末日前一年，學校關門。未來既然如此短暫，怎麼能夠還為了未來而念書呢?孩子們因永遠不需要再上課而皆大歡喜。他們在克拉姆巷的拱門間捉迷藏，在婀娜街的馬路邊跑上跑下，在河中的大石塊上跳去跳來，並且花大把大把的硬幣買薄荷糖和甘草糖吃。他們的父母並不管，隨他們愛幹什麼幹什麼。

末日前一個月，百業關張。國會停止了議程。斯派克巷上的聯邦電報大樓是一片靜默。羅本大街的鐘錶廠也一樣，紐德格橋那邊的磨坊也一樣，都陷入了無聲，所餘時間無多，工商夫復何用？

市政府巷的露天咖啡座上，人們坐著，喝著咖啡，輕鬆地談他們的生活。一種自由的感覺在空氣中瀰漫。比如說，就是現在，一個棕色眸子的女人對她母親說，她小的時候，因為母親忙於做裁縫，她與母親在一起的時候很少。母女倆現正計畫著去琉森旅行。他們要在僅剩的時間內，把兩人的生命配合在一起。另一張桌子上，一個男子跟他的朋友談起他所恨的上司來。他說他的上司經常於下班以後在辦公室的衣帽間與他的太太做愛，而且以解僱來威脅他，如果他或他太太不識好歹的話。但他現在有什麼好怕的？這個男子與他的上司妥協了，與他的太太也不計較了。終於，一切都輕鬆下來了，他伸直了腿，任自己的眼睛縱遊在阿爾卑斯山上。

馬可巷裡的麵包房，手指上沾滿麵粉的師傅把揉好的麵糰放進了烤爐，唱起歌來。這些日子人們來買麵包，都非常客氣。他們微笑，而且照價付賬；反正錢是越來越無所謂了。他們聊起去福瑞堡野餐，聊起珍惜聽孩子們說話的時刻，也聊起黃昏時長長的散步。他們好像不怎麼介意世界就要走到盡頭了，因為大家分擔了同樣的命運。只剩一個月的世界，是一平等的世界。

末日前一天，街道在笑聲裡旋轉。彼此從未說過話的鄰居像朋友似的打招呼。他們脫了衣服，沐浴在噴泉裡；其他的人則沉潛在婀娜河中。游水游得倦了，他們就躺在河邊如茵的青草地上讀詩。一律師和一郵局職員，從來不認識，而現在他們把著臂穿過植物園，對著紫菊和報春花微笑，一邊熱烈地討論著色彩與藝術的問題。他們過去的社會地位不同，而今，這些又有什麼相干？在僅餘一日的世界裡，他們是平等的。

在阿伯格巷旁小街的陰影裡，一男一女靠在牆上，喝著啤酒，吃著燻牛肉。之後，她會把他帶到她的公寓裡去。她早和別人結了婚，但是這些年來，她總想著這男子，在這世界的最後一天，她要滿足自己長久以來的渴望。

幾個人奔跑過市，急於做功積德，他們企圖矯正自己以往的惡行，補償自己過去的虧欠。他們的笑容是唯一不大自然的笑容。

世界結束前一分鐘，人人聚集在美術館前的空地上。不分男女、老幼，大家手拉著手，圍成一個巨大的圓圈。沒有人動。沒有人說話。因為太安靜了，人人可以聽見他左邊或是他右邊那人的心跳。這是世界消失之前最後的一分鐘。在絕對的死寂當中，庭園裡一株紫色的龍膽，捕捉到花朵底下的一束金光，剎那一閃，隨即消逝於花叢間。美術館後面，有一株落葉松，當微風吹過，松針悠悠落下。穿過樹林更遠的地方，婀娜河反照著日暉，漣漪起處，映出波光粼粼。往東面看，聖文森大教堂的鐘樓孑然高聳：細緻的紅，精巧的石工，如一片樹葉上的筋絡，清晰而嬌嫩。更高之處，是積雪在頂的阿爾卑斯山，紫靄白煙，龐然而沉默。一片雲在天上飄來又飄去，一隻燕子在空中飛高又飛低。人間無語。

最後的幾秒鐘內，大家手拉著手，每人都彷彿剛從黃玉峰上往下跳似的。結局臨到時，猶如從高處躍下，迫近地面：清冷的空氣從四面八方猛衝過來，身體全無重量。寂靜的地平線一路綿延多少里長。而黃玉峰下，廣漠無垠的雪毯飛快地襲捲而來，近了，更近了，終將這一圈粉紅，連同生命一起捲了起來。

第十個夢

一九〇五年五月十日

在這個世界裡，

時間的質地剛巧是黏的。

每個城總有些地區卡在歷史洪流中的某個時刻而出不來。

所以，個人也一樣，

卡在他們生命的某一點上，而不得自由。

傍晚，有片刻的工夫，太陽依偎在阿爾卑斯積雪的山坳，彷彿火焰摩挲著冰雪。長長的斜暉從山上撒下來，越過安靜的湖面，投射陰影到山麓的小城。

從許多方面看來，這是一個表裡一致的小城。針樅與五針松與落葉松在西方與北方兩面，形成柔和的地界；更高處則有紅似火的百合、紫如煙的龍膽、以及山中的耬斗花。小城附近的草原上，有供製黃油、乳酪和巧克力的牛群在吃草。一小紡織廠生產絲、緞帶和棉布衣服。有一教堂的鐘響了。燻牛肉的香味填滿了小巷與大街。

遠觀而外、再近看時，這是一個分開來自成局面的小城。有一個地區生活在十五世紀：粗石房子的每層樓都與戶外的樓梯和走廊連接在一起，而上層的屋翼敞著口，迎風而開。青苔長滿了屋頂石板間的縫隙。村裡的另一地區是十八世紀的畫面：窯燒的紅瓦斜鋪成直線的屋頂。教堂有橢圓形的窗戶，有肱木支撐的涼廊，有花崗岩的護牆。又有一地區掌握著現在：夾道的拱門、陽臺上的金屬欄杆、平滑沙岩裝點的門面。村子裡，每一地區繫於一不同的年代。

在這個傍晚，在太陽猶依偎在阿爾卑斯的山坳的瞬間，一個人很可能坐在湖邊，冥想時間的質地究竟是什麼。理論上，時間可以是平滑的，也可以是粗糙的；可以是如刺似的扎手，也可以是如絲般的柔細；可以是硬的，也可以是軟的。但是在這個世界裡，時間的質地剛巧是黏的。每個城總有些地區卡在歷史洪流中的某個時刻而出不來。所以，個人也一樣，卡在他們生命的某一點上，而不得自由。

就是現在，山下的一戶人家裡，有個男子正與他的朋友在談話。他在談他上中學時的學生生涯。他數學和歷史的成績優良獎狀掛滿了牆壁，他的運動獎牌和獎杯佔滿了書架。這裡桌子上，是他當擊劍隊長時的一張相片，相片中他被其他的年輕男孩簇擁著；而這些男孩自上大學後，有的成了工程師，有的成了銀行家，而且都結婚了。那兒櫃子裡，收著二十年前的衣服：擊劍所穿的褲與褂，而花呢褲的腰身現在已嫌太緊了。這位朋友，幾年來努力想把這男子介紹給其他朋友的，耐心地傾聽，禮貌地點頭，沉默地在狹小的屋子裡掙扎著呼吸。

在另一戶人家裡，一男子孤獨地坐在一張雙人桌旁。十年前，他坐在這兒，他父親的對面；他說不出來他愛他。他追溯整個童年的歲月，找尋曾與他父親相親的片刻，他記得那些夜晚，那沉默的人孤獨地坐在那裡，守著他的書；而他說不出來他愛他，說不出來他愛他。現在，桌子上擺著兩個盤子、兩個玻璃杯、兩根叉子，與那個最後的晚上完全一樣。這男子開始吃飯，他吃不下去，完全控制不了地哭了起來。他從來沒有說過他愛他。

又一戶人家裡，一個婦人欣喜地看著她兒子的照片：年輕、聰明、滿面含笑。她寫信給他，寄去的地址久已無法投遞，而她卻想像著收到回信的快樂。當她的兒子敲門，她不應。當她的兒子帶著腫脹的臉與無神的眼，在窗口叫喚她、問她要錢時，她聽不見。當她的兒子蹣跚而來，給她留下便函、乞求見她時，她把便函沒有拆就扔了。當她的兒子站在她大門外漆黑的夜色中時，她早早上床睡覺了。而清晨她起來，看著他的照片，寫親暱的信，寄至一處久已無法投遞的地址。

一個老處女總看見曾經愛過她的年輕男子的臉，在她臥室的鏡子裡、在麵包房的天花板上、在湖面上，在天空中。

這個世界的悲劇即在於沒有人是快樂的，不論是卡在痛苦的或是歡欣的時光當中。這個世界的悲劇即在於每個人都是孤獨的，因為昔日的生命不能與今日的相容。每一個卡在時間之流裡的人是孤獨地卡在那裡。

第十一個夢

一九〇五年五月十一日

如果光陰是一枝箭，
此箭即對準了秩序而射出。
未來是規律、是組織、是合一、是加強；
而過去，則是散漫、是混淆、是分解、是消失。

走在馬可巷裡，所見的景觀是很奇妙的：水果攤上的櫻桃成排地擺開，女帽店裡的帽子整齊地羅列，陽臺上的花盆擺成完美的對稱，麵包房的地板上不落一絲殘渣，酒店的圓石子地上不濺一滴牛奶。各物各就其位，無物不在其位。

當一群歡樂的人離開餐館時，桌子比先前還整潔。當風輕輕吹過街頭，馬路即掃淨，塵與土均吹送到小城的邊緣去了。當浪花衝向岸邊，岸邊即迅速恢復了原樣。當葉子從樹上落下時，葉落成行猶如天上的鳥飛翔成陣。雲容百態，既現其姿，又不改其貌。煙斗在屋子裡飄出煙來，煙垢飄向屋角，留下清新的空氣。彩繪的陽臺暴露在風裡、雨裡，隨時日之消逝反而更加鮮明亮麗起來。雷聲使破碎的花瓶恢復原形，使斷裂的碎片躍起，重返他們原來的位置，嚴絲合縫，拼回完整的花瓶。裝著桂皮的小車推過，飄來的香氣不但沒有因時而消散，反而與時而俱長。

這裡發生的這些事情，是不是看起來很奇怪？

在這個世界裡，時光的流逝反而增生了秩序。秩序是自然律，是天地的趨勢，是宇宙的方向。如果光陰是一枝箭，此箭即對準了秩序而射出。未來是規律、是組織、是合一、是加強；而過去，則是散漫、是混淆、是分解、是消失。

哲學家辯解：世界如果沒有歸向秩序的此一趨勢，時間即了無意義，未來與過去則永遠分不清楚。事件的前後次序即如千部小說中隨意摘取的場景，各自為政，互不相干。而歷史則面目模糊，一如夜間緩緩積聚在樹梢的霧靄。

在這樣的世界裡，家裡髒亂的人躺在自家的床上，等著大自然的力量把他們窗櫳間的灰塵推擠出去，把他們衣櫃裡的鞋子收拾整齊。理事不清的人不妨去野餐，到時候他們的行事曆就整理好了，他們的約會就安排好了，他們的賬目就結算好了。口紅、刷子、信件可以扔進皮包裡，而他們就自動歸檔，令人滿意。園裡的花木不需修剪，野草不用清除。快下班時，桌面就變整潔了。晚間丟在地板上的衣服，早晨即擺回椅子上。丟掉了的襪子又出現了。

如果有人在春天來到這個城市，他會看到另一奇妙的景觀。因為在春光中，整個城市的居民都受不了他們生活中秩序的重重相逼。在春天，人們憤怒地在自家的房子裡堆放垃圾。他們把泥土往屋裡掃，把好好的椅子摔壞，把完整的窗戶砸破。在春天的阿伯格巷裡，或任何一條住宅區的街上，一個人會聽到打碎玻璃的聲音、大聲喊叫的聲音、咆哮的聲音、狂笑的聲音。在春天，人與人不期而遇，他們燒掉記約會的記事簿，丟開手錶，豪飲終夜。這種瘋狂般的自暴自棄行徑一直持續到夏季，那時人們才恢復感覺，回到他們原來的秩序裡去。

第十二個夢

一九〇五年五月十四日

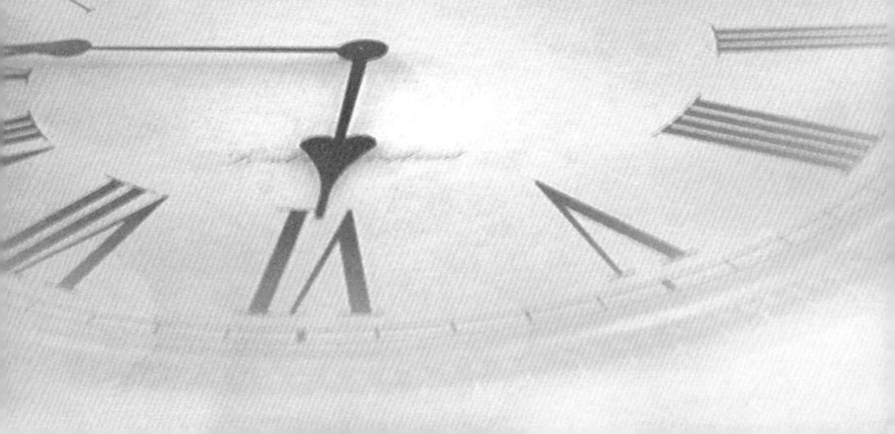

一個旅人不論從何方到來，
他越接近此地，他的動作越緩慢。
他的心跳減速，他的呼吸變弱，
他的體溫降低，他的思想遲滯，
一直到他來到死亡中心，一切停頓了為止。
因為這是時間的中心。

有一個地方的時間是靜止不動的。雨點凝結於大氣中，不落下來；鐘擺晃盪在半路上，不擺過去。狗兒伸著頭張著嘴，卻沒有吠出聲來。行人在塵土飛揚的街上定住了，腿只抬了一半，好像有繩子把他們拉住。棗子、芒果、胡荽、茴香的氣味懸在空中，不會散去。

一個旅人不論從何方到來，他越接近此地，他的動作越緩慢。他的心跳減速，他的呼吸變弱，他的體溫降低，他的思想遲滯，一直到他來到死亡中心，一切停頓了為止。因為這是時間的中心。時間從此處始，以畫同心圓的方式向外流動——圓心靜止，向外直徑越大，時間的速度也越快。

誰會到時間的中心來朝聖呢？父母帶著孩子，還有情人也會來。

所以，在時間靜止不動的地方，我們看到父母緊摟著孩子，這擁抱是凝固的，是永遠不放開的。有著金髮藍眼的青春美麗的女兒，永遠不會停止她正在展現的這一朵嫣然笑靨，永遠不會失去她雙頰上柔和的玫瑰色光澤，永遠不會皺紋遍佈，永遠不會滄桑滿臉。她永遠不會受傷，永遠不會忘記父母的教誨，永遠不會產生雙親不懂的想法，永遠不涉邪惡及邪思，永遠不會告訴父母她不愛他們，永遠不會離開她可以欣賞海景的臥室，永遠不會停止觸摸她的父母，如同現在一樣。

在時間靜止不動的地方，我們看到情人在大樓的陰影裡親吻，這擁抱是凝固的，是永遠不放開的。被愛的男人永遠不會把他的臂膀從其現時所在之處拿開，永遠不會退還定情的手鐲，永遠不會離開他的愛人而遠走他鄉，永遠不會在自我犧牲中置己身於險地，永遠不會忘記表達他的愛，永遠不會嫉妒，永遠不會另愛他人，永遠不會在時間之流中失去這一刻的激情。

惟有最微弱的紅光照著這些雕像，因為在時間的中心，光線的存在幾乎是若有若無的：它的波動緩慢得有如深廣的峽谷裡的回響，它的強度減低到有如流螢在清冷的夜裡所發出的幽光。

那些不完全停留在死寂中心的人，其實也在動，但是是以冰河的速度在動。刷一下頭髮大概要一年，一個吻大概要千年。回眸一笑，在外面的世界裡，寒暑數十易。摟一下小孩，河上起了新橋；而正說著再見時，城郭傾頹了，又被人遺忘了。

而那些回到外面世界的人，又如何呢？……孩子飛快地成長，忘了父母世紀長的擁抱，對他們而言，那擁抱只持續了幾秒鐘。孩子成了大人，遠離了父母，他們住在自己的房子裡，行事有自己的方式，他們受苦而變老。孩子因為父母想永遠保有他們而詛咒父母；因為自己的雞皮鶴髮和粗啞聲音而詛咒時間。這些現在已經老了的孩子也想讓時間停止，但是停在另一個時間上。他們想把自己的孩子凍結在時間的中心。

回到外面世界的情人發現他們的朋友都早已去世了。畢竟，好幾輩子過去了。他們現在在一個自己所不認識的世界裡活動。回去的情人仍舊在大樓的陰影裡擁抱，但他們的擁抱似乎是既空虛而又孤獨的。不久，他們忘了世紀長的盟約，對他們而言，那盟約只持續了幾秒鐘。他們變得連在陌生人當中，也互相嫉妒。他們對彼此說憎恨的言語，他們失去了激盪的熱情而各自西東，最後在他們所不認識的世界中孤獨地老去。

有人說最好不要靠近時間的中心。雖然生命是悲傷之所在，但度此一生本身是很莊嚴、很尊貴的一件事；何況，沒有時間，也就沒有生命了。其他的人不同意這個說法。他們就是要一心滿意足的永恆，即使這永恆如同釘裝在匣子裡的蝴蝶，是固定地凍結在一點上。

第十三個夢

一九〇五年五月十五日

冬日的小島，雪上的屐痕。
夜裡水上的船，船上的燈火在遠處黯了，
好像黑天幕上的一顆小紅星。

試想這樣一個世界：沒有時間，只有意象。

一個孩子在海邊，她看見大洋時第一眼的震撼。黎明時站在陽臺上的一個女人，她披散著的頭髮，她的寬鬆的絲質睡衣，她光著的腳，她的唇。克拉姆巷裡查林傑噴泉附近拱門的圓弧：沙岩和鐵。坐在書齋裡一片靜謐中的男子，手裡拿著一女人的相片，他臉上痛苦的神情。伸展雙翅、鑲在天空裡的一隻鶚，曙暉穿透了鳥羽。坐在空禮堂中的年輕男孩，他的心跳急促得彷彿他是站在舞臺上。冬日的小島，雪上的屐痕。夜裡水上的船，船上的燈火在遠處黯了，好像黑天幕上的一顆小紅星。一個上了鎖的藥櫃子。地上的一片秋葉，細緻的紅、褐與金黃。蹲在灌木叢裡的一女子，在早已疏遠了她的丈夫的家旁邊等待著他回來，她有話非跟他說不可。落在春日裡、也落在一年輕人在所愛的地方所做的最後一次散步的一場輕柔細雨。窗臺上的灰塵。馬可巷上的辣椒攤：黃的、綠的和紅的。曼特合恩峰：插入蔚藍天空裡的嶙峋白尖，綠色的幽谷和小木屋。針之眼。葉上的露珠：晶瑩、剔透。躺在床上的母親，哭著，空氣裡紫蘇的氣味。「小堡壘」公園裡自行車上的孩子，笑出一生最燦爛的笑容。祈禱塔：高大、八角形、陽臺、莊嚴的面貌、眾人臂把臂地合圍著。平明湖上升起的氤氳水氣。一個開著的抽屜。咖啡館裡的兩個朋友，燈光映著一人的臉，另一人在陰影裡。一隻貓注視著窗戶上的一條蟲。一個年輕女子坐在長椅上看一封信，她的綠眼睛裡漾著歡喜的淚。一片原野，夾道的針樅與杉木。陽光，傍晚時長長地斜射進窗內。倒在地上的巨樹，樹根暴露在外，橫陳於空氣中，樹皮、樹枝依然青蔥。白帆一點，順風而行，小船鼓帆，如一隻巨大的白鳥振翼。父與子獨坐在餐館裡，父親很悲傷，眼睛朝下凝視著桌布。一扇橢圓的窗戶，望出去乾草遍野、一輛木推車、牛群、斜照中的紫與綠。地板上摔破了的瓶子，地板縫隙裡褐色的液體，紅了眼睛的女人。廚房裡的老人，為他的孫子做早餐，小男孩從窗子裡望著外面漆成白色的長椅。桌子上昏暗的燈旁一本用舊的書。一朵浪花斷裂時，風吹著水上的一團白。溼著頭髮躺在沙發上的女人，握著一個她永遠不會再見到的男子的手。一列拉著紅車廂的火車，在弧線優美的石拱橋上，河流在下，細小的圓點是遠處的房舍。飄浮在窗外陽光裡的微塵。頸背上的薄皮膚，薄得足以看見底下血流的脈動。一男一女赤裸著身體，你裹著我，我裹著你。一輪滿月下叢樹的藍色的影子。山頂上一陣強勁的風，谷地向四面八方陷落，一層牛肉、一層乾酪的夾心麵包。一個孩子躲避他父親的巴掌，父親的嘴唇因生氣而扭曲，孩子不懂。鏡裡陌生的容顏：兩鬢蒼然。一個年輕人拿著電話機，聽到了什麼而面露驚異。一幀全家福相片：父母年輕自在，兒女穿戴整齊、笑意迎人。遠遠透過叢林的細碎的光。夕陽的紅。一個蛋殼，白、脆，並沒有破。沖上海岸的一頂藍帽子。剪下來的玫瑰飄浮在橋下的河水裡，其旁是高聳的城堡。情人的紅頭髮，桀驁不馴而又充滿希望。一個年輕女人手裡拿著的鴛尾的紫色花瓣。一間屋子：四堵牆、兩扇窗、兩張床、一張桌子、一盞燈、兩個面紅耳赤的人、眼淚。初吻。行星滯留於太空中，無涯、無聲。窗上的一滴水珠。一截蜷曲的繩子。一把黃色的刷子。

第十四個夢

一九〇五年五月二十日

許多人拿著記事本走路，
他們要在所問到的消息暫時停留在腦子裡的時候，
把剛打聽到的記在本子裡。
因為在這個世界裡，人們沒有記憶。

只要沿著斯比達巷櫛比鱗次的攤位注目一瞥，就不難講出一個故事來了。逛街買東西的人遲疑地從一個攤子走到下一個攤子，看看每個店鋪都在賣些什麼。這裡是煙草，那麼芥子在哪裡呢？此處是甜菜，那麼鱈魚在何處呢？這是羊奶，那麼虎耳草呢？這些熙來攘往的人群並不是初來乍到伯恩城的外地旅客，而是不折不扣的伯恩市民。沒有人記得住他兩天以前才在十七號一個叫「斐迪南」的店鋪裡買過巧克力糖，還是在三十六號「霍夫小菜館」買過牛肉。每家店鋪究竟是賣什麼的，人人都得現找。許多人拿著地圖走路，指揮其他拿著地圖的人，在他們住了一輩子的城市裡，在他們走了數十年的街道上，卻一個拱門挨一個拱門地往下找他們要去的地方。許多人拿著記事本走路，他們要在所問到的消息暫時停留在腦子裡的時候，把剛打聽到的記在本子裡。因為在這個世界裡，人們沒有記憶。

在每天工作完了該回家的時候，人人都得查查地址簿看他們自己究竟住在哪裡。宰了一天牛羊、切了一堆難看的肉塊的屠夫恍然發現他的家在納格利巷二十九號。對市場情況只有短暫記憶、卻做了幾樁成功的投資的股票經紀，看了他的小本子，才知道他現在住在國會巷八十九號。到了家來，每一男人發現有一女人和孩子在門口等著，他自我介紹一番，幫女人做晚飯，念故事書給孩子們聽。同樣地，每一女人下班回家以後，再與丈夫、孩子、沙發、檯燈、壁紙、瓷器上的圖案等等重新相會。夜深了，夫與妻不會在餐桌上流連片刻，討論日間的活動，還是孩子的學業，或是銀行賬戶的問題。他們會彼此對視著微笑起來，忽地感到血脈賁張，身體滾燙，而腿間脹痛，與十五年前初次邂逅時毫無二致。他們找到了臥室，匆忙間幾乎推倒了他們自己也不認識的家庭照片，在慾火翻騰中度過了長夜。因為只有習慣和記憶會使生理的激情緩和下來。沒有記憶，每一黑夜都是初夜，每一清晨都是初晨，每一親吻都是初次的親吻，而每一觸摸都是初次的觸摸。

沒有記憶的世界是只有現在的世界。過去只存在於書籍裡與檔案中。為了認識自己，人人帶著他自己的「生命簿」，其中記載了他生命的歷史。每天讀數頁，使他再度知道了自己的父母是誰；他的出身是高貴，還是低賤；他在學校的功課是好，還是不好；他的生命當中是否成就過任何事。沒有「生命簿」，一個人只是一張照片、一個兩度空間的畫面、一個鬼魂。在邦恩巷方場樹葉濃密的咖啡館裡，你會聽到一男子痛苦的尖叫，他剛從「生命簿」中讀到他曾經殺過一個人；你會聽到一女人沉重的嘆息，她剛發現一王子曾向她求過愛；你會聽到另一女人忽然吹起牛來，因為她才知道十年前她還在大學念書的時候，曾經得到過最高的榮譽。有些人以在桌旁讀自己的「生命簿」度過黃昏，其他的人則狂亂地以每日起居瑣細填滿簿中剩餘的冊頁。

隨著光陰逝去，人人的「生命簿」都繼長增高、厚到沒法讀完全本的程度，這時就得作選擇了。進入老年的男女，或讀前面幾頁，以認清自己的少年辰光；或讀後面幾頁，以辨識自己的暮年歲月。

有些人則完全不讀自己的「生命簿」了。他們已把過去拋到了九霄雲外。昨日種種：不論是富，是窮；是飽學，是白丁；是傲岸，還是謙沖；是一直空虛，還是曾經愛過；與他們的生命沒有什麼相干——不會比和風穿過了髮間的感覺更具意義。他們決定不予計較了。這樣的人看著你時，是直直地盯著你的眼；抓著你時，是緊緊地握住你的手。這樣的人走在路上，總是以其青春年少時輕快的步伐前行。這樣的人已經學會怎樣在沒有記憶的世界裡過沒有記憶的日子。

第十五個夢

一九〇五年五月二十二日

在這個時光間歇錯流的世界裡，
究竟是誰的日子過得比較好？
是那些曾經見過未來，
卻僅過此一生的人？
還是那些不曾見過未來，
而等著過此一生的人？
還是那些拒絕理會未來，
而過了兩輩子的人。

拂曉。一層薄霧，淡淡的橙紅如鮮嫩的鮭魚片，飄飄蕩蕩地穿過了城市，接上了河流的呼吸。太陽正在紐德格橋那邊等待，把一道道泛紅的、長釘似的光線沿著克拉姆巷一路直射出來，投向計時的巨鐘，照亮了陽臺的底側。清晨的聲音如麵包的氣味飄過了大街小巷。一個孩子睡醒了，哭著要媽媽。女帽店的主人一到他在馬可巷的鋪子，遮陽篷軋然而起的聲音即隱約可聞。河上的引擎低沉地嗚咽。兩個女人在一拱門底下輕言細語。

當城市經過了霧與夜而融化時，你會看見一奇怪的景象。這邊，一座舊橋卻修建了一半；那邊，一所房舍竟脫離了地基。這裡，一條街沒有什麼明顯的理由而改換了方向，原來朝西，現在朝東了；那裡，一家銀行卻坐落在菜市場當中。聖文森大教堂裡低層的彩繪玻璃窗上描畫的都是宗教的主題，而上層的窗玻璃卻突然變成阿爾卑斯山的春景。一個男子輕快地走向國會大廈，他忽然停下來，手放在頭上，興奮地喊叫，回轉身，急忙朝相反的方向跑去。

這是一個隨意改變計畫的世界，一個充滿突然機遇的世界，一個處處使人意料不到卻預見得到的世界。因為在這個世界裡，時光的流動並不均衡，而是間歇錯亂的。結果呢，人們會在一時的時光錯置當中，偶爾瞥見未來的面目與光景。

當一個母親忽然在預見的景象中，看到她兒子將來住的地方，她就把所住的房子搬到兒子未來居所的附近，以便接近兒子。一個營造商看到未來的商業所在地，他寧願繞個大彎也要朝那個方向修路。當一個孩子在短暫的一瞥中，看到自己的將來是個花店的主人，他就決定不念大學了。當一個年輕人在未來的景象中，看到自己日後會娶的女子，他就等她罷。當一個律師看到自己在蘇黎世、身上卻穿著法官的袍子時，他就放棄了伯恩的工作。事實上，當一個人已經看到他的未來，而還要繼續現在的狀況，又何必如此呢？

對那些已看到未來光景的人來說，這是一個保證成功的世界。幾乎沒有什麼計畫是已經開始了，而不朝向某一事業勇往直前的；幾乎沒有什麼旅程是已經出發了，而不對準命中注定的城市的；幾乎沒有朋友是已經結交了，而將來不是朋友的。幾乎沒有心力是虛擲的，沒有熱情是浪費的。

對那些還沒有看到未來光景的人來說，這是一個令人不起勁的、事事懸而未決的世界。你怎麼能去大學註冊，如果不知道未來的職業？你怎麼能在馬可巷開一家藥房，如果斯比達巷裡有一家類似的藥鋪可能更好？你怎麼能與一男人做愛，如果他將來對你可能不忠？所以這類的人白天多半在睡覺，他們苦候一瞥未來的機緣突然出現，窺到了未來的天機，再做眼前的打算。

因此，在可以預見短暫的未來之場景的世界裡，幾乎沒有人甘冒風險去從事任何工作。那些曾經識破未來的人不需要冒險，而那些尚未看到未來的人但等異象的呈現而不去冒險。

有些曾親眼見識過未來光景的人拚命抵擋未來。一個男子在看過他自己將在琉森當律師以後，反而跑到尼士德去照顧博物館的花園。一個少年人在看到他父親不久將死於心臟疾病的景象後，反而與他的父親開始一辛苦費力的駕帆旅行。一年輕女子即使在看到她將嫁給某一男子的景象之後，仍然任由自己與另一男子墜入情網。這樣的人在矇矓的晨光中、昏黃的暮色裡，站在自家的陽臺上叫喊著：未來是可以改變的，千種不同的未來都是可能的。在時間的長流裡，尼士德的園丁厭倦了微薄的薪給，變成了琉森的律師。父親亡於心臟疾病，而兒子恨自己不曾強制父親長留臥榻。年輕的女人被她的愛人遺棄了，嫁給了另一位可以讓她單獨面對失去愛人痛苦的男子。

在這個時光間歇錯流的世界裡，究竟是誰的日子過得比較好？是那些曾經見過未來，卻僅過此一生的人？還是那些不曾見過未來，而等著過此一生的人？還是那些拒絕理會未來，而過了兩輩子的人？

第十六個夢

一九〇五年五月二十九日

為什麼大家這樣在意速度呢？
因為在這個世界裡，
人在動的時候，時間過得比較慢，
所以人人以高速行動來增加時間。

突然間衝進這個世界裡的人，不論男女，一定得對著迎面而來的房子和大樓躲躲閃閃，因為所有的一切都是在動的狀態。住屋和公寓，裝在輪子上，歪歪倒倒地穿過車站廣場，跑過馬可巷狹窄的街道，引得裡面的居民在二樓窗口高聲叫喊。郵局並不是總在郵政巷裡，它像火車一樣，在鐵軌上飛過城市。國會大廈也不是安靜地坐落在國會巷。不論在何處，空氣裡總是回響著電動機的呻吟和火車頭的咆哮。一個人在日出時踏出他家大門，他的腳剛落地就開始跑，在後面追趕他的辦公大樓，追上了，在大樓裡又是匆匆忙忙地上下樓梯，在轉動不停的桌旁工作，下班後則奔馳而回。沒有人安靜地坐在大樹下看一本書，沒有人悠閒地凝望著池塘中的漣漪，沒有人躺在鄉間又軟又厚的草地上。沒有人在靜止狀態。

為什麼大家這樣在意速度呢？因為在這個世界裡，人在動的時候，時間過得比較慢，所以人人以高速行動來增加時間。

速度的效應一直要到內燃機發明了與捷運交通開始了才讓人注意到。一八八九年九月八日，薩里郡的蘭道夫・惠格先生用他的新摩托車以高速載著他的岳母到倫敦去。他很高興地發現他用的時間比所預計的要少了一半，他與岳母之間的閒談幾乎還未開始，兩人就已經到了，所以他就決定調查調查這現象。等到他的研究結果發表後，就沒有人肯再慢下來了。

既然時間即金錢，單是財務考慮一項就足以壟斷每一交割中的房屋、每一生產的工廠、每一食品商的店鋪，使他們不得不以最快的速度前進，以便爭取時間，贏過同行。於是大樓裝上了巨型推進器，引擎永遠不休息；而電動機和機軸鎮日在咆哮，比起大樓裡面的設備和人員來，聲音要大得多了。

同樣地，房屋買賣不能只看高寬大小，或只看形式設計，還要看速度。因為房子行進得越快，裡面的鐘就滴答得越慢，而居住在內的人可用的時間也就越多。一切決定在速度這一因素。一個人若住在高速的房子裡，他就可能在一天之內即比他的鄰人多賺上幾分鐘。這種對速度著了魔似的牽念，不僅在日間如此，在夜裡亦然；因為寶貴的時間可以在睡眠中有得，或有失，人們就不能不患得與患失起來。在夜間，大小街道都被燈光照亮了，這樣，行進中的房屋才能避免相撞，因為高速下的接觸總是致命的。在夜間，人們夢著速度，夢回青春，夢到機會。

在這個速度至上的世界裡，有一個事實人們才開始慢慢地注意到。說一句邏輯的廢話，運動的效應全是相對的。因為當兩個人在街上錯身而過時，彼此看對方都是在動的狀態，就好像一個人在火車中看到窗外的樹飛馳而過。所以當兩人在街上錯身而過時，任一人總是看另一人的時間流動得比較慢。任一人總是看另一人賺得了時間。這種相互關係真是令人發瘋；而更令人發瘋的是：一個人越快越過他的鄰居，他的鄰居看起來好像走得越快。

有些人因此而弄不清楚了，因此而心神沮喪了，他們乾脆不再看窗外了。簾子拉下來，他們再也不知道自己動得多快，也不知道他們的鄰居和對手動得多快。他們早晨起床、洗澡、吃火腿夾麵包、在桌前工作、聽音樂、與小孩說話，過著眼不見、心不亂、志得意滿的日子。

有些人辯稱：只有克拉姆巷鐘樓的那口巨鐘維持著正確的時間，因為只有鐘樓是不動的。但是其他的人卻指出來：如果從婀娜河看過來，或從雲端望下去，無奈那口巨鐘也是在動的狀態。

間奏曲

愛因斯坦此時正瞪著太陽系在發呆、在出神。

貝索真是擔心他這位朋友，

雖然他在過去也看過愛因斯坦現在的這副「德性」。

也許請他吃次晚飯會有些幫助或轉機。

愛因斯坦和貝索坐在市政府巷的露天咖啡座上。這是中午，貝索費盡唇舌才說動他的朋友離開辦公室，出來呼吸一點兒新鮮空氣。

「你看起來不算好，」貝索說。

愛因斯坦聳了聳肩，幾乎有點窘了。幾分鐘過去了，或許只有幾秒鐘過去了。

「我有進展，」愛因斯坦說。

「我看得出來，」貝索說，有點緊張地研究著他朋友眼睛底下的黑圈。也可能愛因斯坦又忙得不吃東西了。貝索記得他自己在過去曾有一次像愛因斯坦現在這樣的憔悴，不過卻是為了一個不同的理由。那時是在蘇黎世。貝索的父親突然去世了，四十幾歲、還不到五十的年紀。貝索和他的父親從來沒有處好過，這一次卻深懷歉疚而飽受悲傷的打擊。他念不下書，課業中斷了。但他所想不到的卻是愛因斯坦把他帶回自己的住處，整整照顧了他一個月。

貝索看見愛因斯坦現在這個樣子，很希望自己能幫上一點忙，但是愛因斯坦當然不需要幫忙。對貝索而言，愛因斯坦是沒有痛苦的。他這人似乎忘記了自身的存在，也忘記了世界的存在。

「我有進展，」愛因斯坦又說了一遍。「我想祕密就快要出現了。你看了我放在你桌上、勞倫茲的那篇論文沒有？」

「太散漫了。」

「是啊！既散漫、而且又很狹窄的。不太可能對。電磁實驗的結果告訴我們的比他那篇論文說的要基本得多。」愛因斯坦搔了搔他的小鬍子，拿起桌子上的蘇打餅乾啃著，看起來很餓的樣子。

兩人沉默了一段時間沒有說話。貝索放了四塊方糖在他的咖啡裡。這時愛因斯坦正凝望著遠處的阿爾卑斯山，煙靄沉沉，幾乎看不出是山來。事實上，愛因斯坦望穿了阿爾卑斯，望進了太空。他有時候會因這樣的極目遠眺而偏頭痛起來，那時他就非躺在那包了綠布套的沙發上閉了眼睛休息不可。

「安娜要你和米列娃下星期來吃晚飯，」貝索說。「如果有必要的話，你可以帶著小奶娃一塊兒來。」愛因斯坦點點頭。

貝索又喝了一杯咖啡，瞄了瞄鄰桌的年輕女人，把襯衫往褲腰裡塞了塞。他幾乎是與愛因斯坦一樣地不修邊幅，而愛因斯坦此時正瞪著太陽系在發呆、在出神。貝索真是擔心他這位朋友，雖然他在過去也看過愛因斯坦現在的這副「德性」。也許請他吃次晚飯會有些幫助或轉機。

「星期六晚上，」貝索說。

「星期六晚上我有事，」貝索沒有想到愛因斯坦會這麼說。

「但是米列娃和漢斯．亞伯特可以去。」

貝索笑著說，「星期六晚上八點鐘。」貝索根本就想不通愛因斯坦當初怎麼會結婚的。愛因斯坦自己也解釋不來為什麼。他有一次向貝索承認說：他曾經希望米列娃至少做一些家務，但是這事自始至終也不得解決。沒有整理的床鋪亂作團，骯髒的衣物落成堆，而疊起的碗盤高如山，一切還是和從前一樣。有了嬰兒之後，不用說家事自然是更多了。

「你覺得拉斯穆森的申請怎麼樣？」貝索問。

「是不是瓶子離心機？」

「是的。」

「他設計的機軸顫動得太厲害，以致不能用了，」愛因斯坦說，「但是他的想法很聰明。我想只要改一個可以自覓旋轉軸的彈性裝置，那個設計就可以用了。」

貝索完全知道他在說什麼。愛因斯坦會自己想出一新的設計寄給拉斯穆森，不要求酬報，甚至也不言及嗚謝。情況經常是如此，收到愛因斯坦建議的幸運者甚至不知道是誰修正了他們的專利申請。但這並不是說愛因斯坦不喜歡公眾的認可和讚譽。幾年前，當他看到那一期《物理學學報》登載了他的第一篇論文時，曾大學雞叫，叫了足足有五分鐘。

第十七個夢

一九〇五年六月二日

一男子站在他朋友的墳地旁，
把盈手一握的泥土擲向死者的棺木，
感覺著一臉冰涼的四月雨。
但是他沒有哭。他朝前望向那一日，
那時他朋友的肺會強壯起來，
他會下床嘻笑，
他們兩人會在一起飲麥酒、駕帆船、談天說地。

一個軟透了的、已呈暗褐色的桃，從垃圾裡拿出來，放在桌子上等它變紅。它變紅了，再變硬了，裝回購物袋裡送到食品商那裡去，擱在架子上，從架子上移走，置於批發用的大板條箱裡，回到開滿了粉紅桃花的樹枝上。在這個世界裡，時光在倒流。

一位枯乾的婦人坐在椅子上幾乎不動，她的臉又紅又腫，她的視力已眇，她的聽覺已微，她的鼻息粗重得如死葉子落在石頭上的沙沙聲。幾年過去了，其間幾乎沒有訪客。漸漸地，這婦人增生了力量，吃的比從前多了，臉上縱橫交錯的皺紋也不見了。她聽見了聲音，聽見了音樂。眼前模糊的影子聚攏來進入亮光中，桌椅的輪廓清楚了，人物的線條與形象也明朗而清晰起來。這婦人有時外出，從她的小屋，走到市場，偶爾看看朋友。天氣好的時候，在茶館裡喝茶。她從衣櫃最下層的抽屜裡取出鉤針和絨線，開始編織衣物。如果她喜歡自己的成品，她就開心地笑了。有一天，她的丈夫蒼白著一張臉被人送進她家來。幾個小時之內，他的面頰紅潤了，他雖然傴僂著身體，卻站起來了。他站直了，和她說話。她的家成了他倆的家。他們在一塊兒吃飯，言笑晏晏。他們在鄉間到處旅行，探訪朋友。她的白髮變深，間雜著縷縷褐絲，她的聲音回響著新的語調。她去中學參加一個退休晚會，然後開始了教歷史的生涯。她愛她的學生，每每在課後與他們辯論。她在中午吃飯的空檔，以及晚間休息的片刻閱讀書報。她與朋友見面，討論已成過去的歷史和正在發生的新聞。她幫她丈夫處理他在藥房的賬目，與他在山腳下散步，同他做愛。她的肌膚變得嬌嫩起來，她的長髮是一頭濃密的深棕色；她的容顏姣好，而她的雙乳是堅挺卻又溫柔的。她初次在大學的圖書館裡遇見她的丈夫，回看了他好幾眼。她上課。她從中學畢業，那天，她與父母和妹妹笑出了快樂的眼淚。她與父母同住，和她的母親在家旁的林中散步，一去就是數小時；她幫母親洗碗盤。她給妹妹講故事；夜間上床時，別人給她講故事，她越長越小。她在地上爬。她在母親懷中吃奶。

一中年男子從斯德哥爾摩一禮堂的舞臺上走下來，手裡拿著獎章。他和瑞典科學院的院長握手，接受頒給他的諾貝爾物理獎，聆聽委員會對他所作的光榮的頌讚。這個人略微想了一下他就要接受的這個獎。他的思想很快地轉到未來二十年，那時他會在一間狹小的屋裡，只用紙張和鉛筆，孤獨地工作。他會辛勤地耕耘，焚膏繼晷，夜以繼日。他會嘗試許多錯誤的開頭，長串做不出來的方程計算與邏輯推演將會塞滿了字紙簍。但是有些不眠的夜晚，當他回到書桌旁時，他會知道自己了解了一些從來沒有人了解的「自然」；

知道自己冒險進入了幽暗的森林而找到了一線光明；知道自己探索乾坤的奧祕而掌握了一些可貴的天機。在那些不眠的夜晚，他的心跳如搗，彷彿正在戀愛中。那種對熱血滔滔、澎湃不已的憧憬，對即將年輕無名、卻無懼於犯錯的憧憬震撼著他——現在正坐在斯德哥爾摩大禮堂的椅子上，離正在宣布他名字的院長的細如飛蚊的聲音遠遠遠遠地。

一男子站在他朋友的墳地旁，把盈手一握的泥土擲向死者的棺木，感覺著一臉冰涼的四月雨。但是他沒有哭。他朝前望向那一日，那時他朋友的肺會強壯起來，他會下床嘻笑，他們兩人會在一起飲麥酒、駕帆船、談天說地。他沒有哭。他朝思暮想等待著一個特別日子的來臨，那時他回想未來他和他的朋友會在一張低矮平正的桌上吃三明治，那時他會向他的朋友描述他對衰老以後沒人再愛的恐懼；他的朋友呢，會溫和地點著頭，而外面的雨正潺潺地滑下窗上的玻璃。

第十八個夢

一九〇五年六月三日

在這個世界裡，
人的一生只有一日。
人留心時間消逝的跫音，
好像貓在聆聽閣樓裡的聲息。
因為沒有時間可以由人揮霍而損失。

想像這麼一個世界：那裡的人只活一天。可以這樣說：因為人的心跳和呼吸的速度都加快了，所以整個一生就壓縮在地球自轉一次的空間裡。或者也可以這樣說：是地球的旋轉放慢了速度，慢到一個地步，一次完全的自轉就佔去了整個人的一生。兩種解釋都可以；都對。在任何情況下，不論男女，都只見到一次日出，一次日落。

在這個世界裡，沒有人能活到親眼看見四季的更迭。出生在任一歐洲國家十二月份的人，永遠不會看見紫菊、百合、風信子、報春花、薄雪草，含苞的、或怒放的；永遠不會看見楓樹的葉子呈現金黃、或變成殷紅；也永遠不會聽見秋蟲的低吟、或鶯鳥的歌唱。十二月出生的人寒冷地度過一生。同樣地，出生在七月份的人，永遠不會感覺落在臉頰上的一片雪花，永遠不會看見冰封湖面上的滿目晶璨，也永遠不會聽見靴子踏在新雪上的澀澀聲響。七月出生的人溫暖地度過一生。四季的變化只是從書籍裡讀到的。

在這個世界裡，人的一生之計全憑光而定。黃昏出生的人，他的前半生是在夜間度過。他學會了室內操作的行業，如織布、如製錶；他讀很多的書，變成了知識分子；他吃太多；他懼怕屋外的茫茫黑暗，而在屋裡培養陰影。清晨出生的人學會了戶外從事的職業，如耕種、如砌磚；他身強體健，他逃避書籍和要用腦的問題；他明朗而有自信；他什麼也不怕。

但是當光線改變時，不論是晨曦嬰孩，還是落日嬰孩，都在輾轉掙扎，倉皇逃避。旭日初昇時，那些夕曛裡出生的人被突然入目的樹林、海洋和山巒所驚呆了，因強烈的日光而目盲。他們回到屋內，遮住了窗戶，在半明半暗中度過餘生。薄暮來臨時，那些朝暾中出生的人悽愴於天上飛鳥的相繼消失，惆悵於海上波浪交疊的深藍與淺藍即將不見，惋惜著醉態可掬的霞色雲容逐漸地散去。他們悲哭，拒絕去學夜間室內工作的手藝，他們躺在地上仰望天空，睜著雙眼費力地在看他們一度看到過的世界。

在這個世界裡，人的一生只有一日。人留心時間消逝的跫音，好像貓在聆聽閣樓裡的聲息。因為沒有時間可以由人揮霍而損失。出生、上學、戀愛、婚姻、事業、老年，所有的人生階段都必須在日夜的一次循環與晦明的一次交替中完成。如果人們在街上相遇，他們推一推帽沿算是打招呼，接著就又匆忙向前去了。如果人們在誰家相見，他們禮貌地詢問彼此的健康，然後做自己的事去了。如果人們在咖啡館相聚，他們神經緊張地研究陰影的移動，而不敢久坐。時間是太寶貴了。一生只是應時而至的一瞬。一生只落一場雪。一生只是一個秋日。一生只是像驀地關上一扇門時，那門影纖細的邊緣。一生只是在一舉手與一投足之間。

老年來臨的時候，不論是在光明中，還是在黑暗裡，無論是誰都會發現他原來一個人也不認識。從來就沒有時間去認識。父母在正午、或在子夜時去世了。兄弟姊妹，各個奔走四方，搬到遙遠的城市，汲汲於抓緊稍縱即逝的機會。朋友們則跟隨著時時在改變角度的太陽，而與之俱改。房屋、城鎮、工作、愛人都是依一生只有一日之所需而計畫的。一個人年老的時候誰也不認識。他與人交談，卻不認識他們。他的一生散落在話片語絲間，被偶爾交錯而過的零星人物所遺忘。他的一生分解成倉卒的段落，沒有幾個人曾親見目睹。他坐在床邊的小几旁，聽著浴室中放洗澡水的聲音，奇怪地問著自己：在他自己的心靈之外，到底有沒有東西存在呢？他母親的擁抱真的存在過嗎？他與學校朋友之間笑鬧式的競爭真的存在過嗎？初次做愛時興奮得麻酥的感覺真的存在過嗎？他的愛人真的存在過嗎？他們現在又是在哪裡呢？當他坐在床邊的小几旁，聽著放洗澡水的聲音，模糊地看著光線的變化時，他們究竟在哪裡呢？

第十九個夢

一九〇五年六月五日

在時間即感覺的世界裡，
事件的發生，如視覺或如味覺，
可能快，也可能慢；
可能強，也可能弱；
可能鹹，也可能甜。

如果只描繪地點，只描繪河流、樹木、樓房的樣子和人物的相貌，那麼，一切都似乎很普通、很平常：折向東流的婀娜河中散落著點點裝載馬鈴薯和甜菜的船隻。五針拉松點綴著阿爾卑斯山起伏的丘陵，結實纍纍的松枝朝上彎曲，好像列列燭臺上揚起的臂膀。紅瓦天窗的三層樓房靜靜地坐落在婀娜街上，俯瞰著河中流水。馬可巷上店鋪的主人殷勤地向每一過往的行人招手，熱情地叫賣他們的手帕、鐘錶、番茄、麵包、茴香等等。燻牛肉的氣味飄過了前街後巷。一男一女站在克拉姆巷他們家中的小陽臺上在爭執，他們面帶微笑而爭執不休。一年輕女孩慢慢穿過「小堡壘」公園。郵政局的大紅杉木門開了又闔，闔了又開。一隻狗在叫。

但是透過不同人的眼睛，所見的景象則迥然相異。比如說，坐在婀娜河畔的一個女子，她看見船隻從眼前飛快地過去，快得好像是裝在冰鞋上滑過冰面。對另一人而言，船行非常笨拙，好像耗去一下午的光陰幾乎只轉了一個彎似的。而站在婀娜街上看河的男人卻發現：船行的時候，是先向前，又再向後的。

這些看來矛盾的現象，隨處可見。現在就有一位藥劑師吃過中飯，正走回他在克和巷上的店鋪。這是他目中所見的一幅圖畫：兩個女人從他身後奔馳而過，她們狂亂地揮舞著手臂，話說得很快，他因而聽不明白她們在說什麼。一位律師急跑過街要上什麼地方去赴約，他的頭朝著這個方向扭擺，好像一個小動物的頭似的。一個孩子從陽臺上擲下一個球來，啪的一聲穿越空氣而去如子彈飛過，一晃眼就不見了。他走過八十二號的時候，從窗外往裡一瞥，看見裡面住的這家人，從一間屋子飛到另一間屋子，坐下一會兒，在一分鐘內解決了一頓飯，消失了，又出現了。頭頂上的雲，以連續不斷地吸氣與呼氣的速度，聚攏來，散開去，又聚攏來。

街的另一邊，麵包房師傅觀察著同樣的場景。他注意到兩個女人悠閒地踱上街來，她們停下和一個律師說話，然後又接著走了。而律師走進八十二號的公寓，坐在桌旁吃中飯，他走到一樓的窗口，接到街上一個孩子丟過來的球。

但是對站在克和街燈柱下的第三個人而言，剛才說的這些事情只有畫面，沒有動作：他只看到二女人、一律師、一個球、一個孩子、三條駁船、幾幅正巧捕捉到的公寓內景，猶如幾張畫框在夏日明亮的光線中。

任何事件的發生大概都是這樣，因為在這個世界裡，時間是一種感覺。

在時間即感覺的世界裡，事件的發生，如視覺或如味覺，可能快，也可能慢；可能強，也可能弱；可能鹹，也可能甜；可能有原因，也可能沒有原因；可能照次序而來，也可能隨興之所至；全憑觀者從前的歷史而定。哲學家們坐在市政府巷的咖啡館裡爭吵著：在人類的認知之外，時間究竟存在否？誰能說發生的事情是快，還是慢；是有原因，還是沒有原因；是在過去，還是在未來？誰能說事情到底發生過沒有？哲學家們坐在那裡，眼睛半開半閉，比較著個人對時間美學的看法。

有少數人生來就對時間沒有感覺。結果呢，他們對空間的感覺提高到令他們自己痛苦的地步。他們躺在高而密的草間，被世界各地聞名而來的詩人和畫家追根究柢、詳盤細問。這些詩人和畫家懇求時間失聰者去描述阿爾卑斯山上雪花的形狀、照在教堂上方太陽的角度、河流的位置、鳥群的習性、春天裡樹木確切的生長之處，以及青苔的孳生之地。但是，這些時間失聰者卻無法說出他們所了解的現象，因為他們需要在時間的流動中，吐出一長串的字來，然而他們對時間全然沒有感覺，所以說不出話來。

第二十個夢

一九〇五年六月九日

韶光飛逝中，
有些人悟出了唯一的生存之道就是死亡。
而在死亡中，
不論男女都能從過去的桎梏中解脫出來，
從昔日的囹圄中釋放出來。

假定人會永遠活著。

非常奇怪地，每一個城市的人口均分成兩半：「來者」與「今者」。

「來者」如此解釋：沒有必要急著上大學去念書，急著去學第二種語言，急著讀伏爾泰或牛頓，急著求工作的升遷，急著墮入情網，急著成家。因為時間無涯，所有這些事情就都來得及做。時既無涯，所有想做之事總可以期其有成；因此，所有的事情都可以等待。事實上，欲速則不達。何況，誰辯論得過他們的邏輯呢？在任何商店裡，或是舞會中，「來者」都很容易辨認出來。他們走路的步伐輕鬆自在，穿著的衣服寬大舒適。他們喜歡閱讀任何一本打開著的雜誌，樂於重新組合屋裡的家具，適意於即興而發的閒談，風度自然得有如一片葉子從樹上悠然飄下。「來者」坐在咖啡館裡啜飲著咖啡，暢論著無窮人生中無盡的可能。

「今者」注意到的卻是：因為生命無限，所以他們可以做所有想像得出來的事情。他們會建立無限多的事業，他們會結無數次的婚，他們會無限度地改變自己的政治觀點。人人又是律師，又是砌磚匠，又是作者，又是會計師，又是畫家，又是醫生，又是農夫。「今者」經常在閱讀新出版的書籍，在研究新成立的行業，在學習新的語言。為了要品嘗生命無限的滋味，他們儘早開始，而且絕不拖延。何況，誰懷疑得了他們的邏輯呢？「今者」很容易辨識出來。他們是咖啡館的主人、大學教授、醫生與護士、政客，以及無論何時一坐下來雙腿即抖個不停的人。他們活過一個又一個不同的生涯，對生命的熱愛使他們不願錯過任何一鱗半爪的機會。當兩個「今者」在查林傑噴泉的六角柱旁偶然相遇時，他們比較個人所掌握的人生，他們交換消息，而且不時地看手錶。但當兩位「來者」在同樣的地點相遇時，他們沉吟未來，而眼光卻不時地追逐著噴泉水柱拋出來的曲線。

「今者」和「來者」倒有一共同之處：即是無限的生命帶來了無限長的親戚名單。祖父母永遠不死，曾祖父母、叔伯祖父母也都永遠健在，上溯到無限世代的列祖列宗，他們全都活著，而且給你出主意。兒子永遠逃不出父親的陰影，女兒也逃不出母親的陰影。因此之故，也就從來沒有一個人做成他自己。

當一個男子要開創一番事業時，他覺得他非和他的父母、祖父母、曾祖父母、上至所有的祖宗都商量商量不可，以便從他們的錯誤中記取教訓。因為沒有一新事業可以稱之為新事業，無論何種事業家族中總有個前輩已經嘗試過了；然而事實上，無論何種事業也都已經成就過了；但是，他們都付上了慘重的代價。因為在這樣一個世界裡，壯志代代消沉，雄心世世衰退，祖宗的文采再輝煌，功勳再彪炳也將經不起如此消磨而遞減淨盡。

當一個女兒想要母親的指導時，她所得到的不可能不是沖淡了的意見。她的母親一定要問她自己的母親，而這母親又一定要問她自己的母親，如此這般推到從前的從前。兒子和女兒都不能自己做決定，他們也無法從父母那裡得到充滿信心的教誨。父母不是「確定」的來源，因為來源之所出處，上溯起來，多至百萬。

在一舉一動都得請教一百萬次的地方，生活的一切永遠處在未定的狀態。河上的橋蓋了一半就忽然停止了。樓高九層卻沒有屋頂。食品商所囤積的薑、鹽、鱈魚和牛肉，隨著每一次心意的更易而更易，隨著每一次諮詢的改變而改變。而一句話總是無法說完。

就在婚禮舉行的前幾天，婚約卻毀了。穿街過巷時，人們會忽然轉過頭，偷偷看看是否有什麼人在監視、在釘梢。

這些都是為不朽而付出的代價。沒有一個人是完整的，也沒有一個人是自由的。韶光飛逝中，有些人悟出了唯一的生存之道就是死亡。而在死亡中，不論男女都能從過去的桎梏中解脫出來，從昔日的囹圄中釋放出來。這些少數人，在親愛的戚友圍觀之下，有的跳進康士坦斯湖中，有的躍下雷瑪峰，結束了他們本屬無限的生命。如此，有限戰勝了無限；幾百萬季的秋日已過，不會再有秋日；幾百萬回的冬雪已落，不會再有冬雪；而幾百萬言的箴誡已說盡，也不會再有箴誡了。

第二十一個夢

一九〇五年六月十日

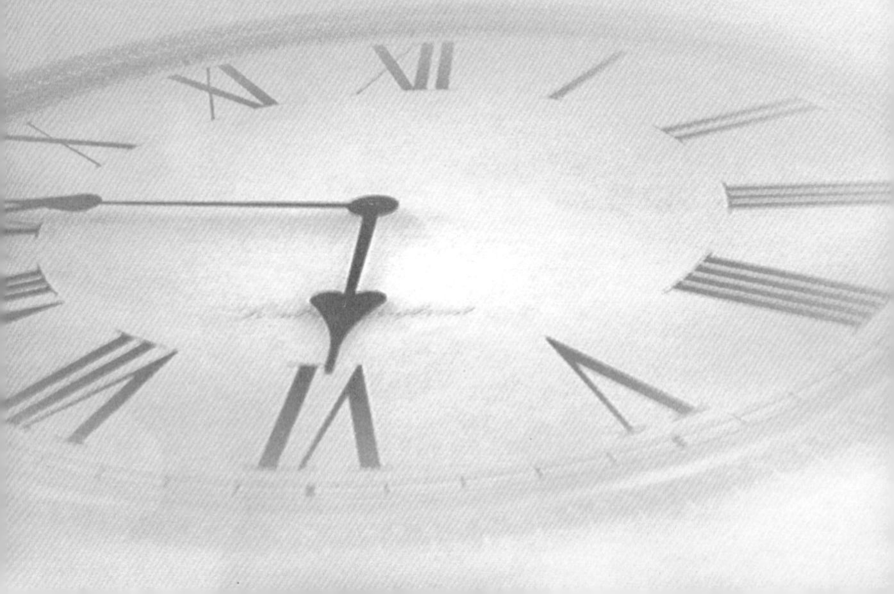

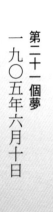

在一個無法測量時間的世界裡，
沒有鐘錶，沒有日曆，
也沒有確定的約會。
事件因其他的事件而引起，
不按時間而發生。

假定時間不是數量，而是一種性質，就好像初昇的月亮剛上樹梢時所發出的那種夜的光輝。時間是存在的，但卻無從量度。

就像現在這樣一個陽光明朗的下午，一個女人站在火車站廣場中間，等待著要與一個特別的男人會面。是不久以前，這個人在開往福瑞堡的火車上看見她的，在一陣神魂顛倒之後，他提出要帶她去「大堡壘」公園的約會。從他聲音的迫促和眼神的熱切中，這女人知道他的意思是他馬上就會來。所以她就在這兒等他，不是沒有耐心地，她看著書打發時間。不久以後，也許是第二天了，他來了，兩人把著臂，走到花園裡去。他們踱著步，行過一叢叢的鬱金香、玫瑰、百合、耬斗花，然後在一白杉木製的長條椅上坐下來，不知坐了多久，過去了的時間是不可量度的。光線移動了，天空變紅了，夜色降臨了。這一男一女沿著小白石子鋪的蜿蜒小徑走向一小丘上的餐館。他們在一起是已歷一生一世了，還是只有短暫的瞬間，誰又能說呢？

透過餐館的鉛條窗櫺，這男子的母親看見他與一女人坐在一起。她緊緊絞握著自己的雙手，嘴在呻吟，因為她要她的兒子在家。她看他根本還是個孩子。自從家裡有了他以後，自從他與父親玩過投球接球的遊戲以後，自從他上床前必給母親揉背以後，時光曾否消逝？這母親透過餐館的鉛條窗櫺，捕捉到燭光中兒子小孩似的天真的笑臉，她確實知道時光不曾消逝；她的兒子，她心上的寶貝，是屬於她和她的家的。她就佇立在餐館外面等待，緊緊絞握著雙手；而她的兒子，在夜色漸深漸濃中、在剛認識的這女人親密的陪伴中，剎那間突然長大了。

街的那頭，在阿伯格巷上，兩個男子為了貨運遲來的一批成藥在爭吵。收貨的人很生氣，因為成藥在售貨架上的壽命很短，而這批藥運到的時候，已經過了期，沒有用了。他很久以前就等著這批藥；事實是：他在火車站上等了一段時間，其間斯比達巷二十七號的灰髮女人進出了不知多少趟，阿爾卑斯山上光線的圖案變化了不知多少次，而空氣也由溫暖，而涼爽，而潮溼了。至於送貨的人——一個既矮且胖的小鬍子，覺得他受了侮辱了。因為他一聽見市場上遮陽篷撐起時的聲音，就在巴塞爾的他的製藥廠內把貨品裝了箱。他把這些箱子都送上火車的時候，天上雲彩的位置仍然和他簽約的時候一樣，還不曾移動呢。他該做的都做了，還能怎麼樣呢？

在一個無法測量時間的世界裡，沒有鐘錶，沒有日曆，也沒有確定的約會。事件因其他的事件而引起，不按時間而發生。在石材和木料運到工地以後，房屋的建造於焉開始；當採石工人需要錢用了，採石場就送來石材。當律師的女兒笑他的頭漸禿的時候，他就離家來到最高法院，為一個案子而辯論。學生考試及格以後，伯恩的中學教育即算完成。所有的車廂都裝滿了乘客的時候，火車才駛出廣場車站。

在時間即性質的世界裡，記事或憑天空的顏色，或憑婀娜河上船夫呼喚的音調，或是一個人走進屋時或快樂、或恐懼的感覺。一個嬰兒的出生、一件發明的專利、兩個人物的相遇，都不是分秒所記載下來的、時間之流中的幾個定點；而是事件滑過想像的空間，因一凝視或一渴望而化為具體事實。同樣地，兩樁事件之間所距時間的長短，全憑這兩樁事件背景的遠近、光度的強弱，光線與陰影的深淺，以及參與其間人物的觀點角度。

有些人想把時間變成數量，想分析時間，想解剖時間。他們都化成了石頭。他們的身體凝凍在街角，既冷、且硬、又重。在時間之流中，這些石像會被送到採石工人那裡，而這些工人會把石像平均切割成幾等分，等他們需要錢用時，再把這些石塊賣掉去蓋房。

第二十二個夢

一九〇五年六月十一日

在沒有未來的世界裡，
每一次感受到的寂寞，
是徹底的寂寞。
在沒有未來的世界裡，
每一次的笑聲，是最後的笑聲。

在克拉姆巷和戲院廣場的轉角處，有一個小型的露天咖啡座。座中有六張藍色的桌子，而大櫥窗前的花臺上有一排藍色的喇叭花。在這個咖啡座上，你可以聽到，也可以看到伯恩城的一切。克拉姆巷上從一拱門飄過另一拱門的人們，一路與同伴說話，間或停下來買一些麻布、或手錶、或肉桂。克和巷內的小學，在晨間休息時放出來一群八歲的小男孩，他們排成一行，跟著老師穿街過巷，走到婀娜河的河岸。煙，從河對岸的磨坊慵懶地升起；水，從查林傑噴泉的噴水口洶湧地冒出；而克拉姆巷的巨大鐘樓每隔一刻鐘即響了起來。

假如，你能暫時忘卻這個城市的聲音與氣味，你就會看到一幅奇妙的景象。克和巷的街角有兩個人，正要分別，卻分別不了，好像一旦分別，彼此就再也見不到面了。他們說了再見，開始朝相反的方向走去，然後二人又不約而同地匆忙折回，擁抱在一起。附近，一個中年婦人坐在一噴泉的石座邊上，默默地哭泣。她的變得斑黃的雙手，緊抓著石座，抓得太緊了，血從手上迸出來，而她絕望地呆視著地面。她的寂寞是讓人相信她再也見不到任何人了的永恆的寂寞。兩個穿著毛衣的女人，手挽著手，漫步走下克拉姆巷，從她們狂放無羈的大笑聲中，令人覺得她們好像從無一念思及未來。

事實上，這是一個沒有未來的世界。在這個世界裡，不論是在真實的生活中，還是在想像的腦海裡，時間均是結束於現在的一條線。在這個世界裡，沒有人能想像未來。正如在光譜的紫色線條以外不大可能又看見別的顏色：光譜上眼睛可見的顏色以外，若還有別的什麼，感官也感知不到。在沒有未來的世界裡，每一次朋友之間的生離，就是死別。在沒有未來的世界裡，每一次感受到的寂寞，是徹底的寂寞。在沒有未來的世界裡，每一次的笑聲，是最後的笑聲。在沒有未來的世界裡，現在之外，只有空無；而人人擁抱著現在，好像懸吊在千仞危崖之上。

一個無法想像未來的人，是一個無法考慮行為後果的人。有些人就因此而麻痺了，而無所作為，也無可作為了。他們竟日躺在床上，非常清醒，但卻不敢穿上衣服，起來行動。他們只喝咖啡，只看照片。另有一些人，早晨從床上跳起來，他們不去想自己的每一行動必將導致空無，也不去管他們根本無從打算自己的人生。他們一刻一刻地活下去，而每一刻的生命都是豐足飽滿的。另外還有一些人，以過去代替未來。他們細數每一個記憶、每一次行事、每一個原因和每一個結果，而驚奇於這些事件怎麼把他們帶到眼前這一瞬間——世界的最後一刻、時間之線的終點的。

在這有六個露天座位和一排喇叭花的小咖啡館中，一個年輕人坐在那裡，面對著他的咖啡和點心，他百無聊賴地一逕觀察著街上的形形色色。他看見那兩個穿著毛衣、在笑的女人，他看見噴泉旁的中年婦人，他也看見那兩位重複說再見的朋友。就在他坐著的時候，一片烏黑的雨雲籠罩了全城。可是這年輕人依然坐在他的座位上，完全沒有離座躲雨的意思。他只能想像現在，而此刻，所謂現在是漸漸變黑的天空，可是沒有雨。就在他啜著咖啡，吃著點心的時候，他驚奇地看著這世界是如何在黑暗裡結束。還是沒有雨。在漸漸變弱的光線裡，他瞇著眼睛看他的文章，努力去讀他這一生所能讀的最後一個句子。然後，雨來了。這年輕人跑進屋裡，脫下了他的溼外套，驚奇地看著這世界是如何在大雨裡結束。他跟大廚討論飲食之事，但並不在等雨停，因為他沒有什麼要等待的。在沒有未來的世界裡，每一刻都是世界結束的一刻。二十分鐘以後，帶起狂風暴雨的烏雲飄過去了，雨停了，天空亮起來了。年輕人回到他的座位，又驚奇地看著這世界是如何在陽光裡結束。

第二十三個夢

一九〇五年六月十五日

她來不及收拾好箱子，
就衝出了她的家——她生命中的這一點，
一直衝向未來去。
她向前衝過了一年，
衝過了五年，衝過了十年，
衝過了二十年，最後才煞住了腳步。

在這個世界裡，時間是看得見的坐標的一維。正如一個人向遠處望去，所看到的房屋、樹木、山巒都是空間裡的標記；那麼一個人如果往另外一個方向望去，他可能看到出生、結婚、死亡這些時間裡的標記，朦朦朧朧地向前延展到遙遠的未來。又如一個人可以選擇長留一處，或奔向他方；那麼這個人也可以沿著時間坐標，選擇他自己的動向。有些人深恐遠離舒坦自在的某一時刻而拒絕走向異鄉與異時。他們停在靠近某一時間的地點，與他所熟悉的場合幾乎是寸步不離。其他的人呢，冒冒失失地揚鞭馳入未來，來不及為一樁樁飛逝而去的事件作準備。

在蘇黎世的理工學院裡，一個年輕人和他的指導教授坐在一小圖書館中，安靜地討論這年輕人的博士論文。現在是十二月，鑲著白色大理石板的壁爐裡燃燒著熊熊的火焰。年輕人和他的老師坐在悅目的橡木椅裡，旁邊是一張圓桌，桌上鋪滿了寫著計算式的稿紙。年輕人的研究很難做。十八個月來他每個月都和他的教授在這間屋裡聚談一次，向他的教授求引導，也求希望。然後他回去工作一個月，下次見面時又帶來新的問題；而教授總是提供新答案。今天亦復如是，教授如此這般的解釋給他聽。在他老師說話的時候，這年輕人凝視著窗外，看著又想著積雪是如何依戀著大樓旁的針樅來。忽而又懷疑起自己一旦得到了學位，將如何獨立做研究。這年輕人坐在椅子裡，躊躇地向前跨進了時間。他在未來僅待了幾分鐘，就因為那又冷、又不確定的感覺而顫慄，而卻步了。他拉回自己。停留在這溫馨的剎那、在這溫暖的爐火旁、在老師溫和的教導中，要比邁入未來好得多。在時間裡停止不動，要比朝前而行好得多。於是，這年輕人就停駐在這一天的小圖書館裡。他的朋友從旁走過，朝屋裡略微看了一下停在此刻不動的年輕人，隨即以他們自己的速度繼續走向未來。

在伯恩的維多利亞街二十七號，有一個年輕女人躺在床上。她雙親爭吵的聲音，由下而上，直飄到她的屋裡來。她堵住耳朵，眼睛瞪著桌上的一張相片，一張她孩提時與父親和母親蹲在海灘上所拍的相片。她屋裡的一面牆靠著一栗木衣櫃，衣櫃上放著一磁臉盆。牆上的藍漆，龜裂，或剝落。床腳旁是一打開的箱子，裝了半箱衣服，她瞪著相片看，然後走出房間去，走進時間中。未來在向她招手，她就做了決定，她來不及收拾好箱子，就衝出了她的家——她生命中的這一點，一直衝向未來去。她向前衝過了一年，衝過了五年，衝過了十年，衝過了二十年，最後才煞住了腳步。但是她衝得太快了，快得一直到了五十歲，才慢了下來。然而，百事千端從她的眼前奔馳而過，但她幾乎都沒有看見。一個頭髮漸禿的律師害她懷了孕後，即一走了之。大學裡印象模糊的一年。在洛桑一小公寓裡住了一段日子。有個女友在福瑞堡。稀稀落落地看過幾次頭髮已灰白的父母。她母親去世的那家醫院的病房。蘇黎世潮溼的公寓，她父親死亡的地方，大蒜的氣味。住在英國什麼地方的女兒寫來的一封信。

這女人喘著氣。她今年五十歲了。她躺在床上，費勁地想著她這一生。她瞪著一張相片看，一張她孩提時與父親和母親蹲在海灘上所拍的相片。

第二十四個夢

一九〇五年六月十七日

幾分鐘以後，
世界又停止了。
然後又開始了。
停止了。
開始了。

這是伯恩的禮拜二早晨。馬可巷裡手指沾滿麵粉的麵包房師傅正對著一個女人大吼大叫，這女人上次的欠賬還沒有還清。他打著自己的手臂，而這女人卻不聲不響地把她新買的烘麵包放進袋子裡。麵包房外面，一個孩子穿著冰鞋在地上溜來溜去，而且溜著追趕從一樓窗口丟出來的一個球，孩子的冰鞋卡卡敲響在石頭地上。馬可巷的東端，也就是連著克拉姆巷的轉角處，一男一女在一拱門的陰影底下緊緊地靠著。兩個男子脇下夾著報紙走過去了。向南三百公尺處，一隻囀鳥懶洋洋地飛過婀娜河。

世界停止了。

麵包房師傅的嘴停在半句話上，孩子的腿浮在半步間，球則懸在空中。男人和女人成了拱門底下的雕像。兩個男子也變成了雕像，他們的對話忽然停止了，好像留聲機的唱針被人舉起。鳥在飛翔中凍結了，定在那裡好像舞台上的道具掛在河上。

一微秒之後，世界又開始了。

麵包房的師傅繼續他的長篇大論，好像什麼事也不曾發生過。所以，孩子也是一樣，仍然在追趕那個球。那個男人和女人彼此靠得更緊了一些。兩個男子繼續辯論著牛肉市場漲價的問題。那隻鳥撲打著翅膀，繼續牠飛過婀娜河時所劃出的弧線。

幾分鐘以後，世界又停止了。然後又開始了。停止了。開始了。

這是一個什麼樣的世界？在這個世界裡，時間不是連續的。在這個世界裡，時間是不連續的。時間是一連串的神經纖維：從遠處看好像是連續的，但從近處看卻是脫了節的；纖維與纖維之間，是顯微鏡下才看得到的空隙。神經的動作流過一個時段，突然停止了、頓住了、跳過了一個空檔，在下一個時段裡再恢復動作。

時間裡的跳脫現象非常微小，所以一秒鐘得放大、分解成一千份，而每一份再分成一千份，丟掉的這一份時間才有可能看到。時間裡的跳脫現象非常微小，所以時段與時段之間的空隙，實際上是看不出來的。時間每一次再開始以後，新的世界看起來與舊的世界是相同的。雲彩的位置和動態看起來與以前完全一樣，而鳥兒的飛翔、言語的流動，以及思想的運作也都是這樣的。

時段與時段之間連接得近乎完美，但還是不能稱為完美。非常輕微的位移現象隨時在發生。比如說，在伯恩的這個禮拜二，一對年輕男女，大約二十多歲，站在格保巷的街燈下。他們一個月前相識的。雖然他不顧一切地愛著她，但是他的感情曾被另一女子傷害過，那女人一聲不吭，就棄他而去了；所以他變得恐懼愛情。他一定要弄清楚這女人是否真的愛他。他研究她臉上的表情，在心裡默默地祈求她會表露自己真實的感覺。他尋覓最微小的信息：她眉間輕輕的一動、她頰上模糊的紅暈、她雙眼中的由潤而溼。

事實是：她也愛他，但是她無法用言語來表達愛情。她就對他微笑，卻沒有感覺到他的恐懼。在他們站在街燈下的時候，時間停止了，又開始了。這之後，他們的頭所傾斜的角度與以前完全相同，而他們心跳的周期也與以前無異。但是在此女子心淵的深處，卻有一先前不曾存在過的微弱的想法出現了。這年輕的女子，在不知不覺中觸及這個新起的想法，就在她失神的時候，一縷遊絲般的空洞劃過她的笑容。這略一遲疑除非是極細膩的審視，幾乎是看不見的；但是這心裡著急的年輕人卻注意到了，而視之為她並不愛他的信息。他告訴這年輕的女子他不能再見她了，他回到軍械庫巷上他自己的小公寓中，他決定搬到蘇黎世，到他叔叔的銀行去工作。年輕的女子從格保巷的燈柱下一路慢慢走回家，她奇怪著：為什麼這年輕人不愛她了。

間奏曲

「我想你那有關時間的理論，一定會研究成功的，」貝索說。「一旦成功了，我們要一起去釣魚，那時你要解釋給我聽。等你成名了，你會記得你是第一個告訴我的，就在這小船上。」

愛因斯坦和貝索坐在泊於河心的小漁船上。貝索在吃乾酪三明治，愛因斯坦噗地一聲噴了一口煙，慢慢將釣線收起，捲上一誘餌來。

「你平常在這裡，就在這婀娜河中間，釣不釣得到東西？」貝索問，他以前沒有和愛因斯坦一起釣過魚。

「從來沒有釣到過，」愛因斯坦回答他，同時繼續把釣線拋進河中。

「也許我們應該移到靠近岸邊才好，到那些蘆葦附近。」

「可以啊，」愛因斯坦說。「不過在那邊我也從來沒有釣上過東西來。那個袋子裡還有三明治麼？」

貝索遞給愛因斯坦一個三明治和一罐啤酒。他因為要求愛因斯坦星期天下午帶他一起來釣魚，而感到不好意思。愛因斯坦本來的計畫是單獨去釣魚的，那樣他好思考。

「快吃，」貝索說。「你需要休息一下罷，拖進那麼多魚來。」

愛因斯坦垂下了他的誘餌，把竿柄擱進貝索的腿間，然後吃起來了。有好一會兒，兩個朋友都沉默著。一隻小紅艇飄過他們身邊，激起了一些水花，他們的小漁船也一上一下地搖晃著。

中飯以後，愛因斯坦和貝索挪動了小船裡的座位，躺著看天。因為，愛因斯坦今天已經不打算再釣了。

「你看雲朵都是些什麼形狀，麥可？」愛因斯坦問。

「我看見一隻羊在追一個皺著眉頭的人。」

「你是一個很實際的人，麥可。」愛因斯坦眼睛望著天上的雲朵，但腦子裡卻想著正在做的研究。他很想告訴貝索他所做的夢，但又不知從何說起。

「我想你那有關時間的理論，一定會研究成功的，」貝索說。「一旦成功了，我們要一起去釣魚，那時你要解釋給我聽。等你成名了，你會記得你是第一個告訴我的，就在這小船上。」

愛因斯坦笑了，而天上的雲彩隨著他的笑聲前擺後搖。

第二十五個夢

一九〇五年六月十八日

他們不看錶，
因為他們沒有錶。
他們不聽鐘樓送出的鐘聲，
因為鐘樓不存在。
鐘和錶都是禁止的，
除了「時間廟堂」裡的「洪鐘」。

從羅馬市中心的大教堂開始，一列以萬計的群眾所形成的隊伍，向外一直延伸開來，好像一口巨鐘的鐘面上的指針似的，指向城市的邊緣，且邁出城外去。但是這些極有耐心的朝聖者是向裡走，而非向外。他們正等著輪到自己以進入「時間廟堂」。他們等著要向一「洪鐘」鞠躬致敬。他們跋涉了長遠的路，甚至遠從其他的國家，來到此聖地。這隊伍蜿蜒地穿過纖塵不染的街道，現在人人安靜地站在那裡：有的在看祈禱書，有的抱著孩子；有的在吃無花果，有的在喝水。他們等待的時候，好像忘記了時間的消逝。他們不看錶，因為他們沒有錶。他們不聽鐘樓送出的鐘聲，因為鐘樓不存在。鐘和錶都是禁止的，除了「時間廟堂」裡的「洪鐘」。

廟堂裡是十二個朝聖者繞著「洪鐘」圍成一個圓圈，每個代表這巨大的金屬和玻璃鐘面上的一個數字。圓圈裡面是一沉重的青銅鐘擺從十二公尺的高處向下左右搖蕩，一晃一晃地在黯淡的燭影中搖出些許光芒。朝聖者的吟誦應和著每一次鐘擺搖晃的時間，他們的吟誦應和著每一次鐘上所增加的時間。朝聖者的吟誦應和著每一分鐘從他們身上減去的生命。這是他們所做的犧牲。

在「洪鐘」旁相聚了一小時之後，這十二個朝聖者離去了，另外十二個再魚貫進入高高的廟堂之門。這個朝聖的行列已經繼續數世紀之久了。

很早、很早，也就是在有「洪鐘」之前，時間是以天體的變化為標準來測量的：星星劃過夜空的緩急、太陽轉移弧度的大小和光線的強弱、月亮的盈虧、潮汐的漲落以及四季的更替。同時呢，時間也用其他的因素為標準來量度：比如心臟的跳動、睏與眠的節奏、重複出現的飢餓的感受、女人一月一經的周期，以及寂寞持續的久暫。然後，在義大利的一座小城中，第一個機械鐘製造出來了。全城的人都好像中了魔似的，陷入了蠱惑的狀態。不久，全城的人又都好像受了驚似的恐懼起來。這個人為的發明使消逝的時間成為可以計算的數量。這個人為的發明把圓規方矩置諸人類的慾望之上而加以量度。這個人為的發明使每一人生中的每一剎那，都可以正確無誤地測出。這箇直成了魔術，這箇直令人無從忍受，這箇直逾出了自然律之外。雖然如此，時鐘的發明卻不能由人忽略，它一定得讓人朝拜。於是鐘的發明者讓大家說動了心而製造出「洪鐘」來。繼之，他被殺了，所有其他的鐘也毀了。來羅馬朝聖之大事於焉開始。

由許多方面看來，人有「洪鐘」以後的生活與有「洪鐘」以前的生活大致相同。每個城鎮的大街小巷都點綴著兒童的喧譁笑語；

家人不時地相聚，共食燻肉，同飲啤酒；男孩子與女孩子在拱門前庭的兩端彼此偷望；畫家以繪畫裝飾著房屋與大樓；哲學家只管自己沉思與冥想。但是每一次呼吸、每一回蹺腿、每一個浪漫的慾念都牽動了人心裡一個輕輕扭緊的結。每一個行動，不論多微不足道，已經永遠不再是自由的了。因為所有的人都知道：在羅馬城中心某一大教堂中，搖晃著一個沉重的青銅鐘擺，它與各種齒輪和輪掣精巧地連接著。他們知道這大教堂中，搖晃著一個沉重的青銅鐘擺，而這鐘擺，量度著他們的生活，量盡了他們的生命。而每一個人都知道：他一定要面對生命中的一些空檔，他一定要利用這些空檔去向「洪鐘」致敬。不論男女都要去一趟「時間廟堂」。

所以，不論在哪一天，不論在哪一天的哪個時辰，總有一列上萬人的隊伍從羅馬的中心，像光線一樣地向外延展；總有一列朝聖者等著向「洪鐘」鞠躬致敬。他們安靜地站在那裡，看著祈禱書，抱著自己的孩子。他們安靜地站在那裡，內心卻醞釀著將爆的雷霆。因為他們必須要來朝拜那本來不該被測量而竟然被測量了的時間。他們必須來看分秒與年月準確地流向消逝。他們踏入自己大膽發明的陷阱，他們必須付出自己珍貴的生命。

第二十六個夢

一九〇五年六月二十日

一片葉子在一處落下的時候，
在另一處可能一朵花開了。
一聲霹靂在一地的餘音尚未消逝，
在另一地可能一雙男女已墮入情網。

在這個世界裡，時間是一種有局限的區域現象。兩個靠得很近的時鐘，幾乎是以相同的速率滴答作響。但是離得很遠的時鐘，他們行走的速率卻是不同。鐘與鐘之間相距得越遠，他們的步伐就越不一致。這個有關時鐘的真理，也適用於心臟跳動的強弱，也適用於吐納呼吸的快慢，也適用於風在草間的動靜。在這個世界裡，時間是以不同的速度在不同的地點流動。

自從商業上的來往要求各地有統一的時間以後，城市與城市之間的商業即不存在了。因為城與城間的距離太大了，如果數一千張瑞士法郎期票所需的時間，在伯恩是十分鐘，而在蘇黎世是一小時的話，這兩座城市裡的人如何能一起做生意呢？所以，每一座城都只有自己。每一座城都是一個孤島。每一座城都得栽種自己的李子和櫻桃，每一座城都得畜養自己的牛群和豬隻，每一座城都得建造自己的磨坊。每一座城都得自求多福與自力更生。

有時候，有旅人會從一城遊歷到另一城去。他會不會因兩城時間的不同而給弄迷糊了？在伯恩幾秒鐘的事情，在福瑞堡也許要幾小時，而在琉森要幾天。一片葉子在一處落下的時候，在另一處可能一朵花開了。一聲霹靂在一地的餘音尚未消逝，在另一地可能一雙男女已墮入情網。一個男孩子在此處長大成為男人的時間，也許在彼地只是一滴雨珠滑下了窗玻璃的剎那。但是往來各地的旅人是不知道這個差異的。當這旅人從一時間之景轉移到另一時間之景的時候，他的身體適應了當地時間的遲轉。如果每一次心臟的跳動、每一次鐘擺的搖晃、每一次鷺鷥的展翅，都和諧地彼此呼應的時候，征途上的旅人怎麼會知道他已進入一個新的時間帶？如果人類慾望的步調與塘中波浪的運動在比例上是一致的話，這旅人又怎麼會知道兩地之間的變化？

只有當這旅人和他所離開的那個城市聯絡的時候，他才意識到自己是進入了一個新的時間國度。他才知道他不在家的時候，他的服裝店生意陡地暴發起來，已不專賣服裝了。或者他才知道他舊日鄰居的太太剛剛唱完了他跨出前門離家而去時她正在唱的那首歌。直到此時，這旅人才悟出來：他不僅是在空間中斬斷了過去，而且在時間中亦已斬斷了過去。沒有旅人回到他所來自的城市。

有些人喜歡孤立。他們爭著論定自己的城是所有城市中最偉大的，那麼他們為什麼要與其他的城市有所交流呢？什麼絲會比他們自己工廠生產的絲更柔軟？什麼牛會比他們自己草原餵養的牛更強壯？什麼錶會比他們自己商店買賣的錶更精細？這樣的人在早晨太陽升上山巔時，站在他們自家的陽臺上遠眺，而他們的雙眼卻從來不曾越過所居小城的郊野。

其他的人則喜歡與人接觸。他們無休無止地詢問那些偶然飄進此城的旅人各種問題：問他所曾去過的地方，問他各處日落的顏色，問他人與動物的高度、所說的語言、求愛的風俗，以及新鮮的發明。在時間的長流中，那些好奇的人裡，有一位為了親眼目睹而啟程了。他離開了自己的城市，前往他處去尋幽探勝而亦成為旅人。他從未回去。

這個因區域不同而時間不一致的世界，這個全然孤立的世界反而產生了變化多端的生活方式。因為城與城之間互不相涉，使各地的生活自然發展出千姿百態。人們也許在一座城裡，彼此住得很近；而在另一座城裡，住得很遠。人們也許在一座城裡，穿著樸實；而在另一座城裡，什麼也不穿。人們也許在一座城裡追悼敵人之死；而在另一座城裡，他們既無朋友，也無敵人。人們也許在一座城裡步行；而在另一座城裡，搭乘一些奇怪的交通工具。僅僅相距百里的區域之間，即存在如此多姿多采的風貌。僅翻過一座山，只渡過一條河，生活就是另外一回事了。但是，這些不同的生活方式，彼此不溝通；這些不同的生活方式，彼此不分享；這些不同的生活方式，彼此不滋養。因孤立而引起的豐富的內容，也因同樣的孤立而奄奄一息了。

第二十七個夢

一九〇五年六月二十二日

在這裡，時間是堅硬的、如骨骼一樣的結構：
時間向前伸展到無限，
向後延長到無窮；
於是，使過去和未來都變成了化石。

愛因斯坦的夢

那是阿格西斯中學舉行畢業典禮的日子。一百二十九個男孩，穿著白色的襯衫，打著褐色的領帶，站在大理石的臺階上。校長在念著他們的名字，他們在太陽底下顯得煩躁不安。前庭的草坪上，父母和親友們，有心不在焉地聽著的，有眼睛看著地出神的，有坐在椅子裡打瞌睡的。學生代表用一種單調的聲音在致離別辭。典禮中，他似笑非笑地接過了獎章；典禮以後，他也就順手把它扔進樹叢裡。沒有人向他道賀。男孩子們，以及他們的爸爸、媽媽、姊姊、妹妹，一個個魚貫而出，他們走回市政府巷和婀娜街的家去，或者走向車站廣場附近候車的長椅。中飯以後，他們就坐著，玩撲克牌消遣，打打盹。講究的衣服摺好了、收起來，留待下次有重要場合的時候再穿。夏天過完的時候，有些男孩會去伯恩，或者會去蘇黎世的大學念書；有些會幫自己的父親做事；有些則會到法國或德國去找工作。這些片段不痛不癢地、機械性地發生，就好像鐘擺來來回回地搖晃；就好像在一盤棋局裡，所下的每一棋子皆屬必然。因為在這個世界裡，未來是固定了的。

這是一個時間不流動的世界，事件因而沒有發展的餘地。在這裡，時間是堅硬的、如骨骼一樣的結構：時間向前伸展到無限，向後延長到無窮；於是，使過去和未來都變成了化石。每一個行動、每一個思想、每一回風的呼吸、每一次鳥的展翅都是命中注定的，完全而且永久。

在市立戲院的表演廳裡，一個芭蕾伶娜飛舞過臺前，騰越於空中。她在空中懸了片刻，接著飄落在地板上。「跳躍」、「踢腿」、「跳躍」。雙腿交叉、顫動，雙臂展開成一半開的圓拱。現在她準備做一「迴旋」：右腿向後移到第四位置，左腳向外踢出去，雙臂進來加速這一轉。她就是準確的代表。她就是鐘。在她腦海裡，她跳舞的時候想過：她應該在某次跳躍時，在空中多停一下；但是她不能多停，因為她的動作根本不屬於她。她的身體與地板，或者與舞臺空間的相互關係是早已注定為十億分之一英寸，其間並無餘裕讓她多停。多停片刻就是不確不準，而在此世界中，凡所舉止無不準確。所以，她無可避免地如鐘一樣的準確，在臺上滿場飛舞，卻沒有一次意料之外的騰躍，也沒有一次意料之外的嘗試。她準確地落在該落之處，絕不夢想一個不在計畫中的「飛騰」。

在未來是固定的世界裡，人生是一長廊，屋屋相連，永無止境：每一刻有一間屋子亮了，而下一間屋子雖在黑暗中，卻準備好下一刻的光亮。我們從一間屋子走到另一間屋子，看著正亮著的一間，即是現在此刻，然後又繼續往前走去。我們並不知道前面的屋子是什麼樣，但是我們知道我們不可能對前面的屋子做任何改變，或有任何影響。我們成了我們自己人生的旁觀者。

在克和巷上一藥房工作的藥劑師，在下午休息的時間穿過城去。他在馬可巷上賣鐘錶的店鋪停了一會兒，在隔壁的麵包房買了一個三明治，又繼續走向樹林和河那邊去。他欠朋友錢，可是卻想給自己買東西。他在路上散步的時候，欣賞自己身上的新大衣，於是就決定他可以明年再還他朋友錢，或者，也許根本就不還。誰又能責備他？在未來是固定的世界裡，不可能有是或非，也無所謂對或錯。對和錯都需要有選擇的自由，但是如果每一行動都已經選定，那就不可能有選擇的自由了。在未來是固定的世界裡，沒有一個人是負責任的。各房各屋都已經安排好了。當藥劑師沿路穿過邦恩巷方場、呼吸著森林裡潮潤的空氣時，所有這些想法都湧了出來。他幾乎要給自己一個讚美的微笑了，因為他太喜歡他所做的決定了。他呼吸著潮潤的空氣，感覺到愛做什麼就做什麼是一種奇怪的自由，是在沒有自由的世界裡的自由。

第二十八個夢

一九〇五年六月二十五日

時間好像兩面鏡子之間的光線一樣。
時間來回跳動如光線折射，
產生出無數的影像、無限的樂曲、
無窮的想法來。
這是一個數不清的複製的世界。

星期天下午。穿著禮拜日最好的服裝，吃過禮拜日豐盛的晚餐，人們走下婀娜街，隨著河流溫柔的私語，他們在輕聲交談。商店全已打烊。三個女人走下馬可巷，停下來看廣告，停下來一窺窗子裡的動靜，然後悄悄地往前走去。一個小客棧的主人擦洗臺階，坐下來看報紙，靠著沙岩的牆壁，閉上了眼睛。所有的街道都睡著了。所有的街道都睡著了，只有暗夜裡小提琴奏出的旋律飄蕩在空氣中。

在桌上擺滿了書的屋子中間，一個年輕人站著拉他的小提琴。他愛他的小提琴。他拉出溫柔的樂曲來。他拉琴的時候，從窗戶裡望出去，看見了下面的街道，注意到一對男女靠緊了；他的深褐色的眼睛看著他們，然後轉開了，望向別處去。他靜靜地站著。他的音樂是唯一的動態，他的音樂充滿了整個屋子。他靜靜地站著，想到他的妻和襁褓中的兒子，他們都在樓下的屋子裡。

他拉著琴的時候，另一個男人，跟他差不多的，站在屋子中間，拉著他的小提琴。這個男人望著下面的街道，注意到一對男女靠緊了，他轉一下眼睛，望向別處去，他想到他的妻子和兒子。他正在拉著琴的時候，第三個男人站著拉他的小提琴。事實上，還有第四個、第五個；還有數不盡的年輕人站在他們的屋子裡拉小提琴。還有無限的樂曲和無窮的想法。這一個鐘頭，當這些年輕人拉著他們的小提琴的時候，並不只是一個鐘頭，而是許多個鐘頭。因為時間好像兩面鏡子之間的光線一樣。時間來回跳動如光線折射，產生出無數的影像、無限的樂曲、無窮的想法來。這是一個數不清的複製的世界。

第一個人在想的時候，他感覺到其他人的存在。他感覺到他們的音樂和他們的想法。他感覺到自己被重複了一千次，感覺到這個擺滿了書籍的房間也被重複了一千次。他感覺到他的想法也在重複。他應不應該離開他的妻子而去？在理工學院的圖書館裡，她隔著書桌看著他的那一刻又如何呢？她一頭又濃又密的棕髮又如何呢？但是她給了他什麼樣的安慰呢？孤寂，什麼樣的孤寂，除了拉小提琴的這一小時之外？

他感覺到其他人的存在。他感覺到自己被重複了一千次，感覺到這間屋子重複了一千次，感覺到他的想法也在重複。哪一個重複是他自己，他真正的身分，他未來的自我？他應不應該離開他的妻子呢？理工學院圖書館裡的那一刻又如何呢？她給過他什麼樣的安慰呢？什麼樣的孤寂，除了拉小提琴的這一小時之外？他的想法在每一個複製的他自己之間來回跳動了一千次，而隨著每一次的跳動，他的想法便減弱一些。他應不應該離開他的妻子呢？她給過他什麼樣的安慰？什麼樣的孤寂？隨著每一次的折射，他的想法便模糊一些。她給過他什麼樣的安慰？什麼樣的孤寂？他的想法漸漸模糊了起來，一直到他幾乎不記得原先的問題是什麼，或者又為什麼問那些問題。什麼樣的孤寂？他從窗戶裡望出去，看著空空的街道，拉著小提琴。他的音樂飄蕩在空氣裡，充滿了他的房間，而當這一小時，也是數不盡的一小時過去的時候，他記得的只有音樂。

第二十九個夢

一九〇五年六月二十七日

什麼是過去呢？

可不可能堅實的過去並不是真，
而只是幻呢？可不可能過去是個萬花筒，
是各式各樣的意象，
因每一次忽起的微風、突現的笑容、
與偶然而生的想法而改變呢？

每一個星期二，有一中年男子把石塊從伯恩城東的採石場載到霍德勒街的磚樓去。他有妻子，有兩個長大了、已離家他去的孩子，一個住在柏林、患著肺病的兄弟。他一年四季都穿著灰色的毛大衣，在採石場上一直工作到天黑，與他的妻子一起吃晚飯，上床睡覺，星期天照顧他的花園。每個星期二的早晨，他把貨車裝滿了石塊，開進城去。

他進了城，把車停在馬可巷裡，買些麵粉和白糖。他在聖文森大教堂的後排座位，靜靜地坐上半小時。他停在郵局，寄一封信至柏林。他走在街上、越過其他的行人時，眼睛總是瞧著地。有些人認識他，想要捕捉他的眼神，或是打個招呼什麼的，他嘴裡含糊其詞地走開了。甚至當他送石塊到霍德勒街時，他無法直視砌磚匠的眼睛。他盼左顧右，對著牆壁說話，回答砌磚工人友善卻絮長的問候。石塊上秤的時候，他兀自佇立在牆角等待著。

四十年前他還在學校的時候，三月的一個下午，他當堂撒出尿來。他怎麼都憋不住。事後，他拚命要留在位子上，但是其他的男孩看見那一灘小水窪，而逼使他繞室而走，一圈又一圈。他們指著他褲子上的溼痕，鬨堂大笑起來。那一天的陽光如同流著牛奶的小溪，白花花地潑進窗子裡來，濺溼了屋中的地板。兩打外套掛在門旁的鉤子上。粉筆字劃過了黑板——都是歐洲各國首都的名字。所有的書桌都有抽屜，還有一可以旋轉的桌面。他那一張書桌的右上角，刻著「若翰」。從蒸汽管裡排出的空氣是潮溼的、令人窒息的。一座鐘，鐘面上大而紅的時針與分針，指著兩點十五分。其他的男孩叫囂著嘲笑他，他們追逐著褲子上有溼痕的他繞室而奔的時候，叫囂著嘲笑他。他們叫囂著嘲笑他，叫他「尿泡娃，尿泡娃，尿泡娃。」

那個記憶已成了他的人生。早晨醒來的時候，他是那個尿了褲子的男孩。他走在街上、越過別人而去的時候，他知道他們看見了他褲子上的溼痕。他偷看一眼自己的褲子，然後向他處望去。他的兒女來看他的時候，他待在自己的屋裡，隔著門和他們說話。他是那個憋不住尿的男孩。

但是什麼是過去呢？可不可能堅實的過去並不是真，而只是幻呢？可不可能過去是個萬花筒，是各式各樣的意象，因每一次忽起的微風、突現的笑容、與偶然而生的想法而改變呢？如果隨時隨地都會有改變，我們又怎麼知道呢？

在可以改變過去的世界裡，這採石工人有一天早晨醒來，不再是那個憋不住尿的男孩了。那一個早已消逝的三月下午只不過是一個下午罷了。在那個早已遺忘的下午，他坐在教室裡，老師叫他的時候，他朗誦課文，他與其他的男孩下學後一起去溜冰。現在，他有自己的採石場。他有九套西裝。他買精美的陶器給太太，而且帶她在星期天的下午作長長的散步。他拜訪住在市政府巷和婀娜街的朋友，對他們微笑，和他們握手。他贊助本地音樂廳的演出。

有一天早晨他醒來了，而……

當太陽升起照耀著全城的時候，千門萬戶人人一邊打著呵欠，一邊拿起他們的咖啡和烤麵包片來。他們擠滿了克拉姆巷拱門商場的店鋪，他們去斯派克巷工作，他們帶著孩子上公園去。每一個人都有很多的回憶：一位無從也無法愛自己孩子的父親，一個事事都贏、時時都贏的兄弟，一個醉在甜蜜的吻裡的愛人，一個窘在考試作弊的時刻，一片新雪落後遍地茫然的寂寥，一腔詩篇發表時乍喜還憂的感觸。在可以改變過去的世界裡，這些回憶是風中的麥浪，是飛逝的夢痕，是瞬息萬變的雲朵。事件，一發生，即失去了真相，而隨著一次回眸、一陣風雨、一段長夜而改變。在時間之流中，過去根本不曾存在。但是誰會知道呢？誰會知道過去不像現在這一刻這樣實在，當太陽光灑在伯恩的阿爾卑斯山上的時候，當店鋪主人一邊哼著歌、一邊撐起遮陽篷的時候，當採石工人開始把石塊裝進他的貨車裡的時候。

第三十個夢

一九〇五年六月二十八日

夜鶯即是時間。

時間與這些鳥一起鼓翼、

一起振動、一起跳躍。

所以，將一隻夜鶯罩在鐘形罐下，

時間就停止了。

「不要吃這麼多，」祖母說，一面拍著她兒子的肩膀。「你會死在我前頭，那讓誰管我的銀子呢？」一家人在伯恩城南十公里處、婀娜河的河畔野餐。女孩子們已經吃過了中飯，繞著一株針樅在追逐著嬉戲。最後他們轉得暈了，就順勢倒在茂密的草叢間。有片刻他們是躺著不動的，然後又在地上滾起來了，一直到再度暈了為止。兒子和他非常肥胖的太太和這祖母坐在一張毯子上，吃著燻火腿、乾酪、芥末抹麵包、葡萄、還有巧克力蛋糕。他們正在吃喝的時候，一陣微風輕拂過河面，大家就猛力地呼吸起甜美的夏日的空氣來。這兒子脫下了鞋，在草上屈伸著他的腳趾。

倏然間，一群鳥從頭上疾飛而過。這年輕人即刻從毯子上跳起來追趕這些鳥，鞋子也來不及穿。他在小山丘那邊消失不見了。不久，有很多人狂奔而來加入鳥群的追逐，他們是在城內發現群鳥的蹤跡而一路追趕過來的。

一隻鳥落在樹上。一個女人爬上了樹幹，伸出手去抓這隻鳥，但這鳥很快地跳上更高的枝頭。她又爬高了，小心地跨上一樹枝，再往外爬一些。而這鳥卻跳回剛才那低枝去了。女人無助地高掛在樹上時，另一隻鳥卻衝向地面，吃起種籽來了。兩個男人，手上都拿著鐘形的大罐，偷偷走到鳥背後，但對此二人而言，這鳥的動作是太快了，牠一飛沖天，隱入群鳥當中。

現在這些鳥飛過城去。聖文森大教堂的牧師站在鐘樓裡，想要把這些鳥誘進拱窗之內。「小堡壘」花園中有位老太太看見鳥兒暫棲於灌木叢中，她也拿著一個鐘形罐，慢慢地向那些鳥走去。她知道自己沒有機會捉住其中任何一隻，索性把罐子丟在地上，哭了起來。

這樣的困惑並非她所獨有，人人如此，同病相憐。真的，無論男女，每人都想要一隻鳥。因為這群夜鶯即是時間。時間與這些鳥一起鼓翼、一起振動、一起跳躍。所以，將一隻夜鶯罩在鐘形罐下，時間就停止了。捉到夜鶯的那一刻，時間就為所有即時碰上的土壤、樹木和人物而凍結。

事實上，這些鳥極少讓人捉住。只有孩子們有捉住鳥的速度，但孩子們卻沒有要時間停止的慾望。因為對孩子而言，時間移動得已經太慢了。他們從這一刻衝到下一刻，焦急地盼望著生日和新年，幾乎等不及下面的日子。而年紀大的人則是拚命地希望遏住時間的流動，但是他們的動作太遲緩，他們的身體太疲乏，是不可能捉到一隻鳥的了。因為對這些年紀大的人而言，時間奔馳而過，是太快太快了。他們渴望抓住在早餐桌上飲茶時的一分鐘，或是抓住小孫子脫不下耍衣時的那一刻，或是抓住冬陽映雪、亮光灑滿了音樂室的一個下午。但是他們太慢了，他們一定是眼睜睜地注視著時間跳躍而去，苒苒飛離了他們的視線。

在夜鶯被逮住的那些場合裡，捕到鳥的人欣喜於即時凍結的那一剎那。他們享受家人與朋友當下所在的位置，享受他們臉上的表情，享受他們所誘抓到的因為獲獎、出生或戀愛而得到的快樂，享受捕捉到的肉桂的辛味與白色重瓣紫羅蘭的淡香。捕到鳥的人欣喜於凍結的那一剎那，但是不久即發現：夜鶯氣絕而死了。它那嘹亮的、笛音似的歌唱漸趨微弱，終至於無聲；而捕捉到的那一剎那也由衰而竭，最後沒入寂滅的荒漠。

終曲

他轉過身，走回窗邊去。

六月底了，空氣清新如此，不比尋常。

一座公寓大樓之上，

他看得見阿爾卑斯的峰巔：

藍的山麓，白的山頂。

遠處的鐘樓響了八下。年輕的專利局職員從桌上抬起了頭，站起來，伸了伸懶腰，走向窗邊。

窗外，小城已醒。一個女人遞給她丈夫午餐盒時，兩人有所爭執。一群男孩在去軍械庫巷的中學上課的路上，將一個足球投來扔去，一邊興奮地談論著即將到來的暑假。兩個女人拿著空的購物袋，朝著馬可巷急促走去。

不久，一位資深的專利局主任走進門來，走向他的辦公桌，一言不發，開始工作。愛因斯坦轉過身來，看著牆角的鐘：八點三分。他搓弄著口袋裡的硬幣。

八點四分，打字員走進來了。她隔著屋子，看見愛因斯坦拿著手稿。她笑了。她已經在工作餘暇為他打了好幾篇私人的論文，而他總是很樂意地付她酬金。雖然他有時也說笑，他總是很沉默。她很喜歡他。

愛因斯坦把他的手稿——他的有關時間的理論——交給了她。現在是八點六分。他走向他的辦公桌，看了看桌上成疊的案卷，接著走到書架旁，拿下一本專利紀錄來。他轉過身，走回窗邊去。六月底了，空氣清新如此，不比尋常。一座公寓大樓之上，他看得見阿爾卑斯的峰巔：藍的山麓，白的山頂。更高之處，是一點黑斑似的小鳥，在天空裡慢慢地迴旋。

愛因斯坦走回他的辦公桌，坐下只片刻，又走到窗邊去。他覺得空虛。他既無興趣審核專利，也無興致和貝索談天，更不想去思考有關物理的事。他只覺得空虛；意興索然地凝視著那遠在天際的一點黑斑和阿爾卑斯的一抹山色。

譯後記
尋夢與話夢

童元方

一九九二年十二月，我在《波士頓環球報》上看到一篇書評，介紹《愛因斯坦的夢》。這是麻省理工學院物理教授艾倫．萊特曼所寫的一本小說，內容是他替愛因斯坦所做的三十個夢。整本小說的時空設在一九〇五年瑞士的伯恩，正是二十六歲的愛因斯坦在專利局做小職員，提出特殊相對論的那一年。

我喜歡所有與夢相關的題目，因為夢境常常反映出現實見不到或說不清的地方。我很想知道愛因斯坦做的是什麼樣的夢；而又是什麼樣的人敢於用小說的體裁下筆？於是迫不及待地跑到哈佛合作社的書店去買書。誰知在書架上看來看去竟沒有這本書；店員在電腦上來回地查了一遍，也找不到。等我說出是書評上看來的時候，他居然哈哈大笑起來。說：寫書評的總是比買書的先看到書，你也未免太性急了。不過，書一定是在運送途中，元月初再來看看罷。

要我等到元月初，我等不及。就又跑到所住小鎮的「華爾騰書店」去找。這個書店我因為經常去，每個店員都認識，每有新到的書，也是一望即知。雖然如此，我還常把店名錯叫成「華爾騰湖」。這自然是梭羅的《湖濱散記》太有名，而那個湖就在附近的緣故。等我發現他們也沒有這本書時，索性又坐電車進了城，到波士頓最大的書店「巴恩斯與諾勃」去找了。他們也是沒有，失望之餘，我順手帶回一本《孔子的夢》。本來以為耶誕假期正好可以看《愛因斯坦的夢》，結果是看起《孔子的夢》來。

《孔子的夢》也是一本小說，但並不是中國人寫的；而是一位法國漢學家所寫，又由美國人譯成了英文。《孔子的夢》並不是替孔子做夢；而是塗抹楚漢的戰雲，烘托秦末的亂世。如果說是夢，也是一個失落了的夢。我越看這本《孔子的夢》，越覺得暈眩，對尚未購到的《愛因斯坦的夢》就越加好奇起來。

元旦假期中彷彿在孔子的夢鄉雲遊了三天似的，直到一月四日早上才就近再訪「華爾騰書店」。嚇！《愛因斯坦的夢》居然到了，是放在櫃臺上最顯眼的地方。黑與橘二色對比的封皮上，是一明一暗、一顯一隱的兩張鐘面；令人愛不忍釋。我立時買了。

原以為是科學家的直筆勾勒出愛氏的聲容與舉止；既讀之後，才知道是詩人的綵筆，揮灑成愛氏思想的氣象與雲霞。沒有什麼變化的情節，也沒有什麼複雜的結構。乾乾淨淨而又恍恍惚惚的是一九〇五年四月十四至六月二十八日之間所做的三十個夢；是由序曲、三首間奏曲以及終曲貫串起來成一首散文的詩，或者說是一部詩的小說。

當序曲奏起，愛因斯坦於拂曉時分拿著才完成的手稿，至專利局等待打字小姐的到來。這稿子中所寫的是有關時間的新理論。我們知道這個理論的發表，從根本上改變了人類對時間的看法。萊特曼把愛因斯坦的時間觀分佈在三十個不同的世界裡，讓他的夢做了兩個月；而從序曲經三次間奏到終曲，只有人間的兩小時。

每一個夢自有其獨特的性質。比方在一個夢中，時間有三維，與空間一樣是立體的；而在另一個夢中，時間亦如空間，是坐標上看得見的一維。在一個夢中，人沒有記憶；沒有記憶，也就是沒有過去。又在一個夢中，人沒有未來；沒有未來，時間就永遠結束在現在。有一個夢，時間是倒流的，人返老還童，由衰殘至茁壯；又一個夢中，人卻只活一天。不論時間的性質如何，夢中的人總有相應之道以度其一生。

有些夢中的情景，時常喚起中國詩歌的意境。四月二十六日的夢，有些人在「明鏡裡歡慶自己的永駐青春，在陽臺上欣賞自我的赤身裸體」，使我聯想起「高堂明鏡悲白髮，朝如青絲暮成雪。」李白喟嘆人生之短促，而夢中的人雖處心積慮地要戰勝時間，不僅徒勞無功，而且被時間徹底擊敗了。

六月九日的夢裡，人是不朽的。他們面對著無限，沒有了過去、現在及未來的區別，又使我想起陳子昂的「前不見古人，後不見來者」：前無過去，後無未來，此時此地但有孤絕的自己。反過來再看沒有自己、終日但見古人與來者的夢中之人，他們所悟出的生存之道，竟是唯有求死之一途。

五月十四日的夢不是一個捕捉消逝中的剎那，使其成為永恆的夢；而是把剎那凍結，成了永恆，使其不再消逝。這一個夢寫盡了人對美的嚮往與對愛的追求，到達如何癡狂的地步。他們帶著情人、帶著兒女，跋涉到時間的中心，將青春釘牢在時間靜止之點，把擁抱凝固成永遠的姿勢；就像花開得正盛時，就停留在怒放的那一剎那，從此不謝、再也不凋了。

六月二十八日的夢裡，穿城而過的夜鶯就是時間的化身。人人都想抓住夜鶯以延長自己的生命，而被抓住的夜鶯，卻氣絕而亡了。

萊特曼筆觸的輕重、線條的曲直、顏色的深淺在各夢中運用之不同，一如各夢中內容的迴異。五月四日的夢幾乎全是由對話連綴而成；時斷時續、若有若無；可以說是夢話連章，但卻傳達出人生的虛空與無謂。聖莫瑞茲是瑞士人不喜歡、英國人卻喜歡的度假勝地，以溫泉與賽馬著名。在這個夢裡，時光流動也彷彿不在流動似的，大家不死不活地活著。而五月十五日的夢，則是由意象組成的：全篇是一段，其中並無一個動詞。因為此夢中沒有時間，所以沒有動態，整個夢無非是一張張靜止的畫面而已。

我沉醉在愛因斯坦的「夢」中，弄不清自己是在睡，還是在醒；最後竟發現自己不是在看「夢」，而是在譯「夢」了。耶誕節前，我正在趕寫博士論文；而此時，論文也就暫時擱在一旁，不管了，跌入《愛因斯坦的夢》境裡，我竟然一口氣譯了六千字，這才想到應該給萊特曼教授寫封信，說一說我對此書的喜愛，並問一問我想譯此書的程序。

一月十二日我寄出第一封給萊特曼的信。很快地我就收到他的回音；而且不是打字的信，是手寫的。他說已經有多種文字的譯本正在接洽當中，可是並沒有中文的。他很喜歡我寫的信，也非常樂意見見我。從他的來信中，我才知道他既教物理、又教寫作，同時指導「寫作與人文研究」的課程。這聽來好像是科際整合，不過整合的科際非常奇特。也許這正是麻省理工學院之所以為麻省理工學院的原因之一。

二月二日我到麻省理工學院去赴萊特曼教授邀我午餐之約。一百八十來頁的小書，我已經譯完了一百二十多頁了。從哈佛到麻省理工學院，實在是太容易了；但到了以數字為樓名的校園後，還真費了些事才找到他的辦公室。因為樓名雖是數字，而數字與數字並不一定相鄰相接。

握過手以後，還未來得及談話，萊特曼一見到我手裡拿著譯稿，本來是向外走一起去吃午飯的腳步就又轉回辦公室來。他一邊翻動我的譯稿，一邊說：

「我不懂中文，但是可不可以請你隨意念一段給我聽。」

他要聽我念中文，我只覺得好奇怪。但還是選了五月十一日的夢，朗誦了起來。這個夢的句子極富有對稱之美，念來頓挫抑揚。而我這一朗誦就朗誦了半個夢。

萊特曼聽了，對我說：

「你念得真好聽啊！我雖然聽不懂文字，可是聽得出你譯文的韻律與節奏。這些地方是我在英文中特別留意的。我想你掌握住了小說中內蘊的詩情。」他又說：

「你能不能再找一段你所譯的中文譯回英文去？」

我真意想不到有這反方向的要求，還來不及反應，他接著說：

「我知道這是不情之請，沒有什麼道理；但我真的很想聽你再將中文譯回英文去。」

我就隨口譯了五月十日之夢的首段，因為我特別喜歡「太陽依偎著阿爾卑斯積雪的山坳，火焰摩挲著冰雪」那樣又溫柔、又激烈的句子。他高興地笑了。

談興一起，兩人全忘了午餐的事。這時我才有機會瀏覽他的辦公室，注意到牆上掛的一些圖畫與幾張攝影。其中有一張黑白照片，是一個女孩，看來十三、四歲。她的眼睛望向遠方，有一種迷離的神態，非常好看。我忍不住讚美，他才告訴我這是他的女兒，現年十歲。我再三稱讚她特殊的美麗，他完全同意，而且加上一句：

「她有一種夢樣的氣質。」

我倏然想起時間中心的那個夢來。於是我問他：

「相片是不是你照的呢？」

「是的。」

自然是的。猶如夢中年少動人的女兒，恆是父親心上甜蜜的負擔；人間所能留住的，不過是鏡框裡的紅顏。

我談著每一個夢給我的感覺，談著每一個夢在我心頭烙下的印痕。他不解釋，也不批評，只是很有興味地在聽。當我告訴他他的夢描畫出人世的荒冷，其實是非常非常悲哀的時候，他忽然說：

「你的譯文一定是各國譯文中最好的。」

「你怎麼知道？」

「因為你的譯文有你的生命在裡面。」

「謝謝你，我但願如此。」像一個夢中的「人間無語」，我這話並沒有說出來。但這略一停頓，倒想起午飯了，二人便到學校的餐廳去。說是吃飯，其實是換個地方，再繼續談，不過話題轉到他自己。

萊特曼是田納西州孟斐斯人，說話帶一點南方口音。提起南方，眼前似乎忽然閃出兩顆文學恆星來。

「可喜歡弗克納？可喜歡湯瑪斯．沃爾夫？這兩位不都是在南方嗎？弗克納的家距離孟城不到汽車一小時的路程罷？」

兩位他都喜歡。弗克納在世時，稱他自己的作品只在一人之下，那一人就是沃爾夫。想來《愛因斯坦的夢》中那些緊湊的節拍、那種蒼涼的調子，是像沃爾夫呢？還是像弗克納呢？

萊特曼大學畢業於普林斯頓，拿的是加州理工學院的物理博士。一九七六年來到哈佛，一九八九年轉去麻省理工學院。我問他：

「在普大時念什麼？」

「物理。」念物理的人，寫出這麼好的小說來。大概我露出驚異的神色，他繼續說：

「我一直都愛物理，學的是我所愛的；不過，我也愛文學。」

「那你還有沒有別的文學作品呢？」

「我從前愛寫詩，但寫詩仍不能滿足自己的創作衝動，所以寫了這一本小說。也是因為精力全放在小說上了，所以最近反而不寫詩了。」

他不是不寫詩，事實上，他是寫了一部史詩。

「你教寫作，是不是教的文學創作呢？」

「我教的是科學寫作。希望學校看到我這本小說後，會讓我教文學創作。若能如此，就太好了。」

這時，我想起愛因斯坦之愛拉小提琴，甚於研究物理來。

「愛因斯坦既然拉得一手好琴，喜愛莫札特，你怎麼想到要讓他在序曲裡哼貝多芬的鋼琴奏鳴曲的？」

萊特曼沒料到我有此一問，看了看我，慢慢地、若有所思地回答說：

「我不知道。」

我們走出餐廳分別時，我腦海中浮現出愛因斯坦拉小提琴的那幅憨相。他要證明他是大音樂家，正如萊特曼一心想教文學的創作。

授受中文版權的事，因為中間有多家代理商參與，情形變成想不到的複雜，到了夏天還理不出一個頭緒來。這時萊特曼要離開劍橋，才告訴我他在緬因州的小島上有五英畝的荒地，每年暑假他在遠離塵囂的島上寫書。那兒沒有電話，也沒有地址；所以他給我留下了最近郵局的信箱號碼，我想起美國近代的女詩人伊麗莎白・畢夏普寫給朋友的信。在她巴西的住家，有五房二廳、果樹、花園、瀑布、一俯瞰谷地、一遠觀七座巴洛克教堂的風景。什麼都有了，就是沒有電話。她也是靠到郵局寄信、取信與朋友聯絡的。我想像萊特曼那個沒有電話，只有波濤的緬因州的海，一定是他那個時間靜止不動的夢之背景；在那個夢裡，父親是不捨得女兒離開那個可以眺望海景的臥室的。那是一搖漾在海的魅力中被蠱惑了的夢。

九月開學以後，我因為中譯本的一些細節，又到麻省理工學院去看萊特曼教授。一個暑假，在海水的氣味與海浪的聲音中，他又完成了一部新的作品。

「這一次是純粹的小說，與科學全然無關。」

在靈感如此豐盈，風格又如此變化的創作者面前，我心情頓感肅然。

一九九四年清明於哈佛

附錄一

從夢到戲

童元方

二〇〇五年的耶誕假期我是在芝加哥度過的，禮物之一是看一場戲，但送禮的小朋友事前不肯告訴我要看的究竟是什麼戲。於是我們在風之城華氏零下八度的氣溫中轉兩趟地鐵去看戲。天氣雖冷，但陽光很猛，下了火車後我戴上太陽眼鏡在冰雪未融的馬路上走。才幾分鐘，眼鏡就被自己呼出來的氣息弄模糊了。好久沒有感覺這樣冷冽的空氣了，心胸為之一振。原想在芝加哥停停就去波士頓的，但說時遲那時快，在芝加哥的盤桓拖到非回港不可，結果芝加哥之行，成了專程來看戲了。

是家小劇院，叫蕭邦劇院。而所演的戲，真的沒有想到，是改編自萊特曼暢銷小說的《愛因斯坦的夢》，而且是最後一場。因為劇院很小，沒有劃位子，我們就坐在第二排，正對著舞台。說是舞台，其實沒有台，劇場空間與我們的座位在同一平面上，這是一奇了；但有相當的距離，也沒有幕，又是一奇。我一進來就看到劇場正中懸著一個大鐘，正是我手錶上的時間：兩點四十分。二十世紀初葉的鐘應該是瑞士製造的。整個布景是一個可以稱做樓的建築，下面是些連續的拱門，啊！這象徵著瑞士伯恩最著名的拱廊。光線從上面射下來，拱門內顯出陰影。樓的左右兩邊各有樓梯通二樓，樓底又好像橋墩，而樓上有一道欄杆，不遠處有一張書桌，桌上放著一臺舊式打字機。不同的角落散置著一些帽子，看得出製作布景的人想用最簡單的結構來涵蓋最多的夢中場景。

我因為到得比較早，坐著等開場時忍不住亂想：一個不能說有人物，也不能說有情節的小說，在劇場內又如何表顯呢？愛因斯坦會不會出現？米列娃、貝索與安娜又會不會出現？萊特曼的原著已出版了十年，我那譯本也已印了十一次，我對那本書的內容是太熟悉了。

劇場中央大鐘上的時間一分一分地過去，我想那樣誇張的尺寸，那樣醒目的位置，此大鐘一定是舞台上的道具，布景的一部分，不可能只為戲院本來計時用。我看著走動的長針，忽然想起《愛因斯坦的夢》全書的第一頁第一句：

在長廊盡處的拱門附近是一座鐘樓。鐘聲六響，然後停了。

燈忽然熄了，男男女女演員在黑暗中進場，或趴、或躺在地下。分針也在這時走到三點整——開場之時。突然，那針快速旋轉起來，三圈之後，鐘聲響了，很慢，噹、噹、噹、噹、噹、噹，正是六下，如此，我們進入書中的，或者說戲中的時間，與現實脫離了關係。

鐘聲歇處，場中男女緩緩起身，有人走向欄杆，那是陽台；有人走向樓梯，那是橋；有人走向拱門，望向黑暗裡去。然後定駐在那裡。這時一穿西裝、打領帶，公務員模樣的黑人演員提著公事包，走過劇場空間的巷弄來到樓上，在書桌旁坐下，打字機上堆著一些紙；一邊朗誦出《愛因斯坦的夢》中序曲之片段。他朗誦得很好聽，但他的造型絕不是大家所熟知的愛因斯坦。接著，燈光漸明，其他的演員也動起來了，他們接龍似的各自讀出自己角色的段落，同時演出那些字句。我看見一穿著圍裙的男子做出揉麵粉的動作，知道他是麵包房的師傅。這時我看清楚了：演員一共有八人，四男四女，其中有五位白人，兩位亞裔女子，一個黑人。他們彼此幾乎沒有對話，也沒有互動。他們在九十分鐘內不分場演出了所有挑選出來的夢境：有的是一完整的夢，有的是夢中的一景，演出次序因串場的要求而與原著不盡相同。與其說是戲，不如說是把文本直接用肢體表演出來，演員所代表的不是特定的個人，而是類型。

我可以接受用一整齊的黑人演員來扮愛因斯坦，如同起用黑人或女子來演哈姆雷特，因為每一演出有不同的重點，導演要表達他自己的意念。比如，當一女子演的哈姆雷特在台上道出自己「pregnant with ideas」時，自然豐富了「pregnant」這一個字的含義。但是他演完愛因斯坦的部分後就離開所謂瑞士伯恩專利局的辦公室，穿插於劇場空間，變成另外一個人，或者應該說另外一個類型。直到終曲，他又變成愛因斯坦回到書桌旁，彷彿大夢初醒。中間根據愛因斯坦傳記而揣摩出來的三個間奏曲內容，有關愛因斯坦與貝索的友情全部都捨棄了。而原著序曲的最後，愛氏哼起了貝多芬的《月光奏鳴曲》，在這次的演出中改了，仍是貝多芬，但用了他的《田園交響樂》，且以之為整部戲的配樂。

我一直認為不用莫札特而用貝多芬是萊特曼的疏忽或敗筆，曾當面問過他；而他自己也說不出理由。十年後我在德國遇到愛氏的曾孫媳卡桑德拉，還與她討論過這一點。卡桑德拉說愛氏的母親寶琳娜倒是很喜歡貝多芬，而愛因斯坦老年時手指僵硬不能再拉小提琴，也曾彈貝多芬的鋼琴奏鳴曲。所以也許是我的偏見：不能接受青春佻達的愛因斯坦會哼貝多芬的奏鳴曲！

演員表演時，朗誦的是萊特曼詩一般的語言，不論是凝定的姿勢，還是行進間的動作；不論是單一的人物，還是群體的表演，都呈現出有如舞蹈般的美感。但口中所朗誦的是原文所用的第三人稱，而表演的卻是自己的身體，這中間有一種奇怪的張力，彷彿劇場所反映的只是概念，而不再是人生了。

既是用動作表達概念，不屬於一般的戲劇，當然也不能說是僅僅在劇場裡朗讀文本而已；所以我的感覺也與看書時的感覺不同。比如，我很喜歡「時間的中心」那個夢，也很喜歡「人們沒有了記憶」的那個夢，但在這個劇場的演出中，幾組演員蹲在時間中心久久不動，與大家沒有記憶，只好拿著生命簿走來走去，同樣使舞台的空間顯得異常擁擠。我不太在意的「高度即地位」與「夜鶯即時間」那兩個夢裡，人人都要攀高爬低去找屋、來抓鳥，所以起伏上下的動作特別優美，劇場演出與文字朗誦可能相得益彰。「世界末日」的那個夢大家手拉著手很單調，而「蹲在拱門陰影裡突然被帶回到過去」的那個夢則有些單薄。

在劇場裡最好看的一個夢是「時間有三維」的那個世界，書中的男子穿著長大衣，站在陽台上凝視著雪地上留下的霸道女人的紅帽子，慢慢帶出同時發生的三個不同的結局。而在劇場裡，站在陽台上的是那位霸道女人，而三個穿著一式一樣長大衣的高挑男子在樓下一人一段說著自己的故事。一樣的手勢，一樣的動作，一樣的神氣，一樣的聲音；只有結局是不同的，構成了非常美麗又和諧的畫面。而那原書上的紅帽子在哪裡呢？不在地下，而在頂上。原來那個時鐘可以用來投射電腦設計的畫面，在這段表演中，它所投射的就是那一點紅。略有瑕疵的是開場時的草帽道具，依然有一頂留在地上，成了兩頂帽子。

小說中有一篇完全由對話連綴而成，而對話表現的不但不是溝通，反而是疏離；因為時光雖然在流動，卻沒有什麼事真的發生。兩男兩女，也就是兩對夫婦坐在椅子上，面向前方，但不看觀眾。他們的眼神是空洞的，大家以機械式的聲音說出自己的對白，同時配合手上機械式的動作。時間彷彿不在流動，人也好像沒有變化，就這樣無聊地一路過下去了。也許因為這四位演員只表演對白而省略了小說敘述的部分，所以是最成功的。表演「無聊」而使人印象如此深刻，也是一個新的經驗。

萊特曼把愛因斯坦之說「科學」移為「小說」，這是一種媒體的轉換；而今，又由「小說」移之為「戲劇」，又是一種媒體的轉換。媒體的轉換大概也屬創作，所以，從愛因斯坦一九〇五的相對論到萊特曼一九九三的小說差不多要九十年，而從《愛因斯坦的夢》到愛因斯坦的戲也要十年，加起來正是百年，可見創作之難。

出了戲院，走在比冰還冷的西區街，真是冷得要死，不知為什麼我卻想起湯顯祖的夢與戲來。

二〇〇六年一月八日於香港容氣軒

附錄二

無始、無終與無我

童元方

最近看到二〇〇六年普林斯頓大學出版的一本書，叫做*Einstein's Jury: the Race to Test Relativity*。內容是從一九〇五年愛因斯坦首先思及相對的時空觀念，一直到一九三〇年此理論為世人所普遍接受的歷程。這使我想起自己所譯有關愛因斯坦的第一本書來。這本書不是愛因斯坦的著作，也不討論相對論，而是萊特曼(**Alan Lightman**)在一九九三年初出版的*Einstein's Dreams*。中譯本《愛因斯坦的夢》一九九四年以來，歷經林海音的「純文學」與隱地的「爾雅」，而在二〇〇五年由「天下文化」再版。

萊特曼是普林斯頓大學物理學士，加州理工學院理論物理博士。他創作*Einstein's Dreams*時，是麻省理工學院的天文物理教授，並主持寫作與人文研究計畫。為了多有時間寫作，他現在只在麻省理工學院客座，同時成立了基金會，專為柬埔寨的明日培養女青年領袖。他不僅從科學跨到人文，又從人文走向人道。

《愛因斯坦的夢》是沒有什麼情節的小說，讀來更像散文詩。全書是萊特曼替愛因斯坦所做的三十個夢，時間是一九〇五年四月十四日到六月二十八日，地點是瑞士的伯恩。三十個虛構的夢境以五個小故事間隔開來，而這些小故事倒是根據愛因斯坦的真實生活以想像連綴而成。

英文小說在敘述事件時，一般都用過去式；但萊特曼此書的夢境所摹寫的不是個人，而是類型，是時時刻刻可以發生在任何人身上的情事，所以他用現在式，就是愛因斯坦本人與好友貝索在書中出現也是如此。我們來看全書的第一句：

In some distant arcade, a clock tower calls out six times and then stop.

譯文如下：

在長廊盡處的拱門附近是一座鐘樓。鐘聲六響，然後停了。

再看最後一句：

He feels empty, nd he stares without interest at the tiny black speck and the Alps.

譯文如下：

他只覺得空虛；意興索然地凝視著那遠在天際的一點黑斑和阿爾卑斯的一抹山色。

中文動詞雖然沒有時態變化，但可以在字裡行間表達現時的動靜。換言之，不論何時，讀者只要一翻開書頁，故事就在眼前發生。每看一次即一循環。

小說之始，是清晨六點，愛因斯坦手裡拿著剛寫的有關時間的新理論來到辦公室；小說之終，則是八點六分，愛氏終於等到打字員進來，把手稿交給了她。這一篇有關時間性質的論文就是日後震驚當世的相對論。從六點到八點的兩小時中愛氏在夢裡經歷了不同的時空。這時空一般人不容易從方程式所代表的數學語言去了解，萊特曼這位科學家則用了文學的語言，把不同時間性質的世界放在夢中來呈現。其時空觀是相對的。有人說這本書是用文字來解釋相對論，我以為循此途徑去理解科學的道理，無異捨本逐末。也許可以這樣說，不懂相對論一定寫不出這樣一部作品，但隨著作者或譯者去經歷夢境，不論時間的性質為何，總不出人世的悲歡。《愛因斯坦的夢》實是文學。

萊特曼行文最大的特色是喜用對稱。譬如以下這段：

Tiny sounds from the city drift through the room. A milk bottle clinks on a stone. An awning is cranked in a shop on Marktgasse. A vegetable cart moves slowly through a street. A man and a woman talk in hushed tones in an apartment nearby.

英文是獨立的五句話，現在式說明了這是伯恩城每日清晨的尋常風景。第一句說聲音，後四句說聽見什麼。利用中文標點符號的特點，我把五句譯成一句，使句式上見其對稱之美；同時把原來的擬聲動詞譯成了擬聲詞，以保留迴盪在四月空氣裡的各種聲音：

細碎的市聲隱隱地飄進屋裡來：是牛奶瓶放到石板上的鏗鏗聲，是馬可巷裡一家店鋪撐起遮陽篷時的戛戛聲；是運菜車緩緩過街時輾軋作響，是一男一女在附近的公寓裡小聲說話。

再看下面一個例子：

Walking on the Marktgasse, one sees a wondrous sight. The cherries in the fruit stalls sit aligned in rows, the hats in the millinery shop are neatly stacked, the flowers on the balconies are arranged in perfect symmetries, no crumbs lie on the bakery floor, no milk is spilled on the cobblestones of the buttery. No thing is out of place.

中譯又將以上三句翻成兩句如下：

走在馬可巷裡，所見的景觀是很奇妙的：水果攤上的櫻桃成排地擺開，女帽店裡的帽子整齊地羅列，陽臺上的花盆擺成完美的對稱，麵包房的地板上不落一絲殘渣，酒店的圓石子地上不濺一滴牛奶。各物各就其位，無物不在其位。

原文第一句說景觀，中間說看見什麼，最後一句是對所見的評語。對稱句自應為偶句，但萊特曼既從對仗中求整齊，又從整齊中求變化。故此中間的長句有五個部分，也就是說連疊了五個句法對稱的意象。此中又可分為兩組：水果攤上的櫻桃、女帽店裡的帽子、陽臺上的花盆為一組；麵包房的地板與酒店的圓石子地為一組。為平衡這奇數句，後面的評語中譯由一句寫成兩句，形成互文而未改其義。「各物各就其位」與第一組對應，而「無物不在其位」與第二組對應。對稱之外，萊氏所用的紛呈意象，其圖案排列的橫與直、其色彩變化的繁與簡，更跌宕出流麗的韻律。

五月三日的夢描繪的是一個因果的世界，「因」永遠在過去，而「果」在未來，但其間的過去與未來本身既糾纏不清，大多數人便學會了生活在當下：

It is a world in which every word spoken speaks just to that moment, every glance given has only one meaning, each touch has no past or no future, each kiss is a kiss of immediacy.

在這個世界裡，每一個吐出的字，只向吐出的瞬間傾訴；每個眼波流動的一瞥，只有一義；每個手指輕柔的一觸，沒有過去，也沒有未來；而每一唇齒相憐的吻，只是現時此刻的一吻。

原文的簡約之美，如"every word"、"every glance"、"each touch"、"each kiss"，在平淡中展現圓滿。但中文如照譯，反會暴露出白話文的蒼白與貧乏，所以加上了譯者的解釋，以增代簡，不如此便譯不出原文的感覺。

六月二十七日的夢可以用來測試英文冠詞的"a"，甚至"the"，如何轉換成中文量詞：

Each has memories: a father who could not love his child, a brother who always won, a lover with a delicious kiss, a moment of cheating on a school examination, the stillness spreading from a fresh snowfall, the publication of a poem.

In a world of shifting past, these memories are wheat in wind, fleeting dreams, shapes in clouds. Events, once happened, lose reality, alter with a glance, a storm, a night.

每一個人都有很多的回憶：一位無從也無法愛自己孩子的父親，一個事事都贏、時時都贏的兄弟，一個醉在甜蜜的吻裡的愛人，一個窘在考試作弊的時刻，一片新雪落後遍地茫然的寂寥，一腔詩篇發表時乍喜還憂的感觸。在可以改變過去的世界裡，這些回憶是風中的麥浪，是飛逝的夢痕，是瞬息萬變的雲朵。事件，一發生，即失去了真相，而隨著一次回眸、一陣風雨、一段長夜而改變。

這中譯也是我自己最喜歡的段落之一。

我常對學生說，翻譯文學作品最好不加小注。但是內容有新觀念或新事物插入，小注自然形成。我譯《愛因斯坦的夢》，新觀念或新事物的意義，就藉這些小注釐清。這些小注是譯者的個人筆記，準備日後做參考資料，是與字典上的定義無關的。無始、無終與無我，是相對論引出的新觀念，而這六個字對從小就受中國文學訓練的我卻不陌生。亦即萊特曼有他的說法，我有我的解釋。雙方相遇，徒增誤解，於此，個人筆記的用處也就顯現出來。

二〇〇九年八月十四日於香港容氣軒

國家圖書館出版品預行編目資料

愛因斯坦的夢 / 艾倫 · 萊特曼(Alan Lightman)著 ; 童元方譯. -- 二版. -- 臺北市 : 商周出版, 城邦文化事業股份有限公司出版 : 英屬蓋曼群島商家庭傳媒股份有限公司城邦分公司發行, 2023.11
面； 公分.
譯自：Einstein's dreams
ISBN 978-626-318-902-7（平裝）
874.57 112017215

愛因斯坦的夢

原 文 書 名／Einstein's Dreams
作 者／艾倫 · 萊特曼Alan Lightman
譯 者／童元方
企 畫 選 書／林宏濤
責 任 編 輯／鍾宜君、楊如玉

版 權／林易萱
行 銷 業 務／周丹蘋、賴正祐
總 編 輯／楊如玉
總 經 理／彭之琬
事業群總經理／黃淑貞
發 行 人／何飛鵬
法 律 顧 問／元禾法律事務所 王子文律師
出 版／商周出版
115台北市南港區昆陽街16號4樓
電話：(02) 2500-7008 傳真：(02) 2500-7759
E-mail：bwp.service@cite.com.tw
發 行／英屬蓋曼群島商家庭傳媒股份有限公司城邦分公司
115台北市南港區昆陽街16號8樓
書虫客服專線：(02)2500-7718；2500-7719
24小時傳真專線：(02)2500-1990；2500-1991
服務時間：週一至週五上午09:30-12:00；下午13:30-17:00
劃撥帳號：19863813 戶名：書虫股份有限公司
E-mail：service@readingclub.com.tw
歡迎光臨城邦讀書花園 網址：www.cite.com.tw
香港發行所／城邦（香港）出版集團有限公司
香港九龍土瓜灣土瓜灣道86號順聯工業大廈6號A室
電話：(852) 25086231 傳真：(852) 25789337
E-mail：hkcite@biznetvigator.com
馬新發行所／城邦（馬新）出版集團 Cité (M) Sdn. Bhd.
41, Jalan Radin Anum, Bandar Baru Sri Petaling,
57000 Kuala Lumpur, Malaysia.
電話：(603) 90563833 傳真：(603)90576622
E-mail：services@cite.my

封 面 設 計／周家瑤
排 版／浩瀚電腦排版股份有限公司
印 刷／韋懋實業有限公司
經 銷 商／聯合發行股份有限公司
電話：(02) 2917-8022 傳真：(02)2911-0053

■2023年11月二版
■2024年9月二版2刷

Printed in Taiwan

定價／350元

ISBN 978-626-318-902-7

城邦讀書花園
www.cite.com.tw